ハヤカワ・ミステリ

DAVID GOODIS

狼は天使の匂い

BLACK FRIDAY

デイヴィッド・グーディス
真崎義博訳

TOKYO
HAYAKAWA
BOOKS

A HAYAKAWA
POCKET MYSTERY BOOK

BLACK FRIDAY

by

DAVID GOODIS

1954

狼は天使の匂い

装幀　勝呂　忠

登場人物

ハート（アル）……………………逃亡中の青年
チャーリー…………………………プロ犯罪者一味のボス
リッツィオ…………………………プロ犯罪者。チャーリーの部下
マットーネ…………………………同
ポール………………………………同
レナー………………………………同
フリーダ……………………………プロ犯罪者一味の女
マーナ………………………………同

1

一月の寒気が二つの川から流れ込み、四方の壁となってハートに迫っていた。オーヴァーコートはどうしても必要だ、彼はつぶやいた。カロウィル通りを見渡すと、ひとりの老人がやって来た。大きなオーヴァーコートとがっしりしたワークシューズが目についた。オーヴァーコートが近づいてくる。ハートは路地に入りこんで待った。からだが震え、胸に食いこむ寒気に背骨までまっぷたつに断ち切られるような気がした。老人をやり過ごし、路地から出てあとをつけた。通りには人っ子ひとりいない。彼は老人の背後に迫った。だがよく見ると、老人はひどく腰が曲がっていてオーヴァーコートはぼろぼろの年代物だった。この老人にとって、新しいオーヴァーコートを手に入れるのは並大抵のことではあるまい。

ハートは向きを変え、カロウィル通りを戻っていった。チョコレートブラウンのフラノのスーツの襟を立て、いままでにあったいいことを自分に言い聞かせた。また向きを変えてブロード通りを目指したが、フィラデルフィアには憎しみさえ感じていた。

ブロード通りはもっと寒かった。東からはデラウェア川の身を切るような空気が、西からはスクーキル川の湿った寒気が運ばれてくるのだ。温暖な気候のなかで育ち、おまけに骨と皮ばかりに痩せたハートには、この寒さが我慢できなかった。

ブロード通りに立って南に目をやると、市庁舎の大時計が六時二十分を指していた。すでに暗くなりはじめ、そこここの店のショーウィンドウから灯りがこぼれている。ハートは両手をズボンのポケットに突っ込み、ブロード通りを北へ歩きつづけた。ふと左のポケットから手を出し、掌の硬貨に目を落とした。二十五セントが三枚、十セントと五セントが一枚ずつ、そして三枚の一セント。これが彼の全財産で、しかもオーヴァーコートが必要だった。食事と宿も必要だし、タバコも吸いたかった。いっそブロード通りを横切ってデラウェア川まで行き、そのまま川に飛びこんでけりをつけるべきかもしれないと思った。

頬が緩んだ。こう考えると、それだけで気が楽になったのだ。命さえあればなんとかなる。幸運を願うこともできる。

寒気がまた四方から襲いかかり、からだが芯から凍えてきた。寒さをこらえて歩いた。縁が鏡で仕切られているショーウィンドウの前で立ち止まり、自分の姿を見つめた。フラノのスーツは、まださほどくたびれてはいないのでよしとしよう。Ｙシャツのカラーの縁が黒ずんでいるのが気になる。彼は清潔なＹシャツにこだわっていた。それも彼には必要だった。何枚かのシャツと下着やソックスもいる。あんなに急いで列車を降りなければならなかったことが惜しかった。二、三カ月後には、鉄道会社が彼のスーツケースと所持品を競売にかけていることだろう。

立ったまま鏡を覗きこんでいると、寒さが背中に染み通った。散髪も必要だ。淡いブロンドの髪が耳にかかっている。髭も剃らなくてはならない。淡いグレーの目の下に隈《くま》ができている。彼は老けこみはじめていた。あと一月《ひとつき》で三十四歳になる。

鏡に映るみすぼらしい姿にさびしく笑いかけた。みすぼらしく、痩せこけた姿だ。かつてはヨットを持っていたこともあるのだが。

あたりはすっかり暗くなっていた。急いだほうがいい、彼は自分に言い聞かせた。さらに一ブロック歩き、一軒の洋品店の前で足を止めた。ショーウィンドウにセールの張り紙がある。若ハゲの男がショーウィンドウのなかで洋服を並べていた。ハートは店に入った。

店員がハートにこぼれんばかりの笑顔を向けた。

ハートは言った。「オーヴァーコートを見たいんだが」

「かしこまりました」店員は言った。「いい品がたくさんございます」

「一着でいい」

「かしこまりました」店員は繰り返した。そしてラックのほうへ行きかけたが、途中で振り返ってハートを見つめた。

「こんな天気にどうしてオーヴァーコートを着ないんですか？」

「おれは無頓着でね」ハートは答えた。「からだのことなど気にしないんだ」

店員の視線が、上着の立てた襟に注がれていた。

ハートは言った。「オーヴァーコートを売る気があるのか？」

「もちろんですとも。どういったものがお好みで？」

「暖かいやつがいい」

店員はハンガーから一着のコートを外した。「このフリースの手触りをお試しください。どうぞ、ご試着を。これほどの品をお召しになったことはないはずです。ちょっと触ってみてください」

ハートはコートを着てみた。だぶだぶだった。彼はコートを脱いで店員に返した。

「どうしました？」店員が訊いた。

「小さすぎる」ハートは答えた。

店員は別のコートを手渡した。「こちらはどうでしょう？　合うかどうかお試しください」

着てみると、今度はぴったりだった。

「お似合いですよ」店員が言った。

ハートは、派手なグリーンのフリース生地を撫でて訊いた。「いくらだ？」

「三十九ドル七十五セントでございます。お買い得品ですよ。まったくの掘り出し物でございます。ご自分の目でお確かめください、実にお買い得です」店員は振り返り、まるで溺れかけている人の救助を求めるかのように手を振って叫んだ。「ハリー、こっちへ来てくれ！」

ショーウィンドウから出た若ハゲの男が、店内を突っ切ってきた。

店員が言った。「ハリー、ここへ来てこのコートを見てくれ」

ハリーはズボンのポケットに指を突っこみ、オーヴァーコートを眺めてからもったいぶった様子でうなずいた。

「まさにオーヴァーコートと呼べるお品です」店員が言った。

「これは特売品だったな?」ハリーが言った。

「もちろん」店員が答えた。「もちろん、特売品です」

「いくらだったかな?」ハートは訊いた。

「三十九ドル七十五セントでございます」店員が答えた。

「それに、街のどこへ行ってもこれほどの品は手に入りませんよ。これほどのオーヴァーコートがほかの店にあるとお思いでしたら、どうぞ探してみてください。正真正銘のラパマ・フリースがたったの三十九ドル七十五セント。実のところ、これでは商売にならないんですがね」

ハートは疑わしげに眉をひそめ、コートの前を見下ろした。そして顔を伏せたまま上目づかいに窺うと、店員がハリーに目配せしているところだった。

店員が言った。「ハリー、お客さまがお買いにならなかったら、大きな値札をつけてショーウィンドウに飾ってくれ。十分で売れることまちがいなしだ」

「本当なんだろうな?」ハートは訊いた。

「もちろんですとも。これがどれほど素晴らしい品かおわかりですか? このオーヴァーコートをお買いにならなかったら、きっと後悔なさいますよ」

「わかった、これにしよう」こう言って、ハートはドアへ向かった。

「三十九ドル七十五セントいただきます」店員が言った。彼はハートのあとについてきたが、ハートが足を速めると声を荒らげた。「おい、待て――」

ハートはドアを開けて店を飛び出した。

十二番通りとレイス通りの角から少し入ったところにある小さな酒場には、客が三人しかいなかった。ハートが店に入ると、三人の客は一斉に彼のほうを向いたが、カウンターの男はグラスを磨く手を止めなかった。ハートはトイレに入ってコートを脱ぎ、サイズのタグと値札を引きちぎった。コートを肩に掛けてトイレから戻ると、カウンターに歩み寄ってビールを注文した。それを三分の二ほど飲んだとき、ひとりの警官が店に入ってきた。彼は戸口に立って四人の顔をまじまじと見つめていたが、やがてゆっくりとハートに近づいてきた。

ハートはグラスを口に運ぶ手を止め、顔を上げた。

警官は派手なグリーンのコートを指さした。「それはどこで手に入れた？」

「店だ」ハートは答えた。

「どこの？」

「アトランティック・シティだったと思うが。アルバカーキだったかもしれない」

「言い逃れをするつもりか？」

「ああ」

「盗んだんだな」

「そうだ」そう言ってハートは警官の目にビールを浴びせ、警官が悲鳴を上げて後退りするすきをついて走りだした。警官の横をすり抜け、彼の怒鳴り散らす声を背後に聞きながら店の外へ飛び出した。

腕に掛けたコートをしっかりと押さえ、十二番通りを駆け抜けてレイス通りの角で東へ曲がった。さらに十一番通りまで行き、路地へ走り込んだ。路地の中程で足を止めてオーヴァーコートを着こみ、ひび割れた板壁にもたれかかって大きく息をついた。行き先を決めようと思った。鉄道や道路を使って街を出たり、ボートで川を下ったりするような危険は、二度と冒したくなかった。あまりにも危険すぎる。こうしてフィラデルフィアにいるかぎり、この街から出ないほうがいい。ここは大きな街だ。この街のどこかに、警察の手の及びそうもない、のんびりと自分を取り戻すことのできそうな場所を見つけることだ。

ずっと昔ペンシルヴェニア大学の学生として二年間過ごしたので、フィラデルフィアのことはよく知っていた。そのころの彼は、ひとりであちこち見て歩くのが好きな多感な若者だったのだ。彼はその二年間でフィラデルフィアの大部分を歩き、この街がいくつもの街の集合体であることに気づいていた。ジャーマンタウンはそれ自体ひとつの街だし、フランクフォードもそうだ。スクーキル川を渡れば、大学のあるウエスト・フィラデルフィアがある。街がこれほどはっきり分かれていることを考えると、中心部から離れて境界線をいくつか越えたほうがいいだろう。ジャーマンタウンでは犯罪が多発しているだろうか？　昔のままなら、あそこは警察の動きが少ないはずだ。というのも、大学生のころの彼はジャーマンタウンは品位の塊だと思っていたからだ。ややとり澄ましたところがあるのは、おそらく歴史的な背景と古い植民地的な雰囲気を無意識のうちに鼻にかけているからだろう。あの街はいまでも静かで品のいいところかもしれない。タクシー代があれば、と思った。ビール代が十セントで残りは八十三セント、ジャーマンタウンまでのタクシー代にはとうてい及ばないことがわかっていた。

「くそっ」オーヴァーコートを着ていても身を切るような寒さだった。これが大学を辞めた原因だったことを思い出して苦笑した。つまり、このフィラデルフィアの冬に耐えきれなかったということだ。人生でもっとも悲惨な一日を思い出す。雨や雪は降らないものの、空にも通りにも陰鬱な空気がたちこめる寒い灰色の一日、大学の雰囲気やそこで学ぶ内容には満足していたが、こんな天気に耐える必要はないと結論を下した日だ。彼は荷物をまとめて列車に飛び乗り、嫌いなものを捨てるという快感に浸った。だが、いまの彼は捨てようとしているのではない、逃げているだけだ。捨てることと逃げることでは大ちがいだった。

路地を抜け、十番通りを歩いてスプリング・ガーデン通りへ出た。デラウェア川からの風が広い道路を抜けて吹きつけ、危うく押し倒されそうになった。食べ物も必要だし休息も必要だ。彼は街灯に近づいて支柱に寄りかかり、思い切ってレストランに入ろうかと考えていた。気がつくと、ひとりの警官が目の前に立っていた。

「ひどく寒いな」警官が声をかけた。

「なんだって？」ハートは街灯の支柱から手を離した。北か西へ逃げるべきだろうか？　それとも運を天に任せて通りを横切り、別の路地へ逃げ込むべきだろうか？

警官は黒い革手袋をはめた両手を打ち合わせて言った。

「ひどく寒い、って言ったのさ」

「これが？」ハートは言った。「こんなのはなんでもない。カナダ北部へ行ったことがないな」

「おれにはこれでも充分寒いが」

「おれのいたところに比べたら、夏みたいなもんだ」ハートは言った。自分が少しもうろたえていないことがわかった。話し方も声の調子も自然だし、押しつけがましくもなく無頓着過ぎもしない。こんなしゃべり方のできるうちはまだ大丈夫だ。

彼はジャーマンタウンへ行くことにし、警官をその場に残してスプリング・ガーデン通りを西へ向かった。

貸間の看板が出ていることを期待して家々の前に目を配りながら、彼はトゥルプホーケン通りを歩いていた。看板が見当たらないまま二ブロック歩くと、モートン通りに出たので東へ曲がってさらに二、三ブロック歩いてみることにした。モートン通りを歩きながら、ドアやポーチの柱やポーチ下のレンガ塀など看板がありそうなところを注意深く探してみた。一ブロックを過ぎ、次のブロックに移ろうとしたそのとき、背後の闇のなかから銃声のような音が聞こえ、彼は走り出した。

2

走るコツは心得ていた。そういう体つきをしていたし、長いこと走ってきたのだ。全力を出さなくてもかなり離れたところまで来たので、とりあえずうしろを振り返ってみることにした。向きを変えて目を凝らすと、目の前にあるのは道路と左右の家々と無人の舗道だけだった。

それがすべてだった。それが、彼を追ってきたものの正体だ。虚無感。

彼は握りこぶしを作って立木に近づいた。こぶしを幹に叩きつけると、指の付け根に痛みが走った。痛みが足りない。いますぐ手当てをし、ひどくなるまえに終わらせなければならない。いったんひどくなったら治すことが困難になり、ついには手の施しようがなくなってしまうかもしれないからだ。もっと自分を傷つけ、こんなことはつづけられないということを自覚しなければならない。彼は苦痛のあまり目をつぶった。そして自分に言い聞かせた。たとえこの手が粉々になろうと、いますぐ治さなければならない。彼は痛む手をさらにきつく握り、ふたたび幹に叩きつけようとした。

こぶしを突き出した瞬間、木に狙いをつけた彼の目が何ものかをとらえた。握りこぶしは木から数インチのところで止まった。振り返って通りを見渡した。物音ひとつ聞こえず、動くものもない。だが、もはや空っぽではなかった。一ブロック先の舗道に、何か黒いものがあったのだ。

とんでもない行動だということはわかっていたが、ハートはその物体に向かって歩き出した。むしろ反対の方向へ行くべきだろう。だが、いつも機械のようではいられない。ときには衝動にかられることもある。いまの彼を突き動かしているのは純粋な好奇心だった。彼はそのまま足を進め、舗道にじっと横たわる人間の形をした黒い物体に近づいた。

屈みこんでみると、必死で息をしようとする微かな生命の証があった。ハートは男の肩に手をかけて引き、男を仰向けにしてその顔を覗きこんだ。

それは若い男で、目は開いていた。男はハートを見つめて言った。「あんた、医者か？」

「いや」ハートは答えた。

「そうか、だったら行ってくれ」男はそう言って目を閉じた。彼の喉が収縮して口から血が流れた。彼はまた目を開け、ハートがまだそこにいるのを見ると驚いた顔をした。

「なんで、まだいるんだ？」

「どうしたら助けられるか考えていたんだ」

「車はあるか？」

「いや」

「この辺に住んでいるのか？」

「いや」

「ちくしょう」男が言い、また少し血を吐いた。彼は寝返りを打とうとして顔を引きつらせ、いまにも口からほとばしり出ようとする悲鳴を呑みこんだ。悲鳴の代わりにまた血を吐き、もう一度同じことを言った。「ちくしょう」そして、ハートを見つめて言った。「このあたりに知り合いはいるか？」

「いや」ハートは言った。「だが、何か手助けができるかもしれない。寝返りを打ちたいのか？」

「ああ、手を貸してくれ」

今度はそっと動かした。男がうつ伏せになると、黄色いキャメルの生地に小さなどす黒い穴が開いていた。背中のまん中、背骨から左へ二インチほど外れた位置だ。あと一分もすれば男は死んでしまうだろう。

「傷はどこに？」男が訊いた。

ハートは教えてやった。

「ちくしょう」男が言った。「もう駄目だ」男の肩が震えはじめた。泣いているように見える。やがて彼は断末魔の声を上げはじめたが、その声にことばをのせようとしていた。ハートはそれを聞き取ろうとからだを屈めた。「——

ポケット――財布――してくれ――やつらが狙っている――
――やつらに渡したくない――頼む――ああ、ちくしょう、痛い、痛い――さあ、財布を取ってここを離れろ、自分がかわいかったら警察には届けるな、誰にも言うな、財布を取るんだ、金を抜いて財布を捨てろ、燃やしたほうがいい、そうだ、燃やすんだ――さあ取れ――いますぐに――女房にダイアの指輪を買ってやれ――年取ったおふくろに家を買ってやれ――おまえには車を――」

ハートの耳に、誰かが近づいてくる物音が聞こえた。首を回してみると、一ブロックほど先にこちらへ走ってくる二つの影があった。ハートは逃げようとしたが、もう一度向き直ってキャメルのコートの下をさぐり、分厚いツイードのスポーツ・スラックスの尻ポケットに手を突っこんで財布をつかんだ。彼が財布を抜き取ると、持ち主はからだを震わせて事切れた。ハートは立ち上がり、全力でモートン通りを走りはじめた。

誰かが怒鳴った。「止まれ！」

「いいとも」ハートは言った。「いますぐな」

また銃声が聞こえた。つづけてもう一発、さらに三発。派手なグリーンのコートの一部が銃弾に引きちぎられるのを感じた。モートン通りから外れたほうがいい、そうは思ったが走っているブロックに路地はなく、脇道に入っても意味がないことはわかっていた。一か八か、力のつづくかぎり次のブロックまで走ってみることにした。それまでに路地が見つからなければ、相手から見えるように財布を宙に投げるつもりだった。そうすれば、もう追いかけてこないだろう。

大股の二歩で脇道を横切り、ふたたび全速力でモートン通りを走りつづけた。一本の路地が彼に向かって口を開けているのを目にしたとき、左の耳たぶから一インチと離れていないところを銃弾がかすめた。彼が路地に逃げ込むとどこかでドアが開き、悲鳴とドアの閉まる音が聞こえた。彼はその家の主婦が気絶している姿を思い浮かべた。

路地を走りながら、彼は財布をコートのポケットに入れた。さらに数ヤード進み、適当な庭を選んで高さ四フィート程のフェンスを飛び越え、身を伏せたまま後退りして茂みの陰に隠れた。

追手が路地をやって来る気配がした。

運というものが売り買いできるものだとしたら、ハートは彼の運をわずか十セントで売り払っていただろう。路地には二本の街灯があり、そのひとつがこの庭に灯りを投げかけていた。彼らはゆっくりと時間をかけてひとつひとつの庭で足を止め、何か話しながら近づいてきた。二人は落ち着いていた。当のハートと同じくらい確信があるようだ。彼は思った。二人の狙いはどちらだろう？　ハートか？　それとも財布だろうか？　ハートが狙いだとすれば、他言されては困ることを死んだ男から聞いたと思っているからだ。財布だとすれば、彼らのほしいものがそのなかに入っているからにちがいない。

このままではせいぜい二十秒くらいしかもたない、ハートはそう見当をつけた。彼はポケットから財布を取り出し、街灯がもっとも明るく照らしている場所に近づけた。ゴートスキンのしなやかな財布、それを手際よく開け、ハートは十一枚の札を抜き取った。千ドル札だった。

声が聞こえた。「やつはこのあたりにいるはずだ」

別の声がした。「声をかけてみろ。そのほうが手っ取り早い」

「わかった」最初の声が答えた。そして、今度は大きな声で話しかけてきた。「出てこい。痛い目には遭わせない」

ハートは茂みの陰に穴を掘っていた。充分な深さまで掘ったところで、十一枚の千ドル札を入れて急いで土をかぶせた。土の付いた手をズボンで拭って財布をポケットに戻すと、最初の声が言った。「約束する。いますぐ出てくれば、痛い目には遭わせない。話をしたいだけだ」

「わかった」ハートはこう言い、立ち上がって茂みから出た。「人ちがいだ。おれが殺したんじゃない」

フェンスの向こうから、二人の男がハートを見つめていた。そのうちのひとり、スケート用の毛糸の帽子とセーターを身につけた背の高い若い男が、フェンスに近づいてゲートを開けた。そして、ソフト帽の下から銀髪を覗かせたもうひとりの男が、レヴォルヴァの銃口をハートに向けていた。

「こっちへ来て顔を見せろ」銀髪の男が言った。

ハートはゲートから外へ出た。スケート帽の男がハートに近づき、彼の顔めがけてこぶしを突き出した。ハートはからだをかがめてそれをかわし、スケート靴を履いていないスケーターは左フックに対して無防備になった。ハートはレヴォルヴァのことを考えて両手を下げたままだったが、スケーターの次の一発を食らうだろうということも、立ったまま殴られるしかないということもわかっていた。スケーターは彼をフェンスに押しつけ、右のクロスパンチの体勢をとった。突っ立っているハートの顔にこぶしが飛び、それを受けたハートは頭をのけぞらせた。スピードのないパンチだったが、威力があって痛かった。

スケーターはにんまりした。高くて肉付きのいい鼻の先が盛り上がっている。細長い顔に大きな歯をし、両頬には重症の皮膚病の痕らしいあばたがあった。スケーターは、ハートにもう一発食らわせようと身構えた。

ハートは銀髪の男に目を向けて言った。「レヴォルヴァがあろうとなかろうと、もう一発殴ったら、やつの骨盤はバラバラになるぜ」

スケーターはあざ笑うように言った。「へえ、こりゃ驚いた——生意気な口を利くじゃないか」

銀髪の男がスケーターに目をやった。「首を絞めろ——これ以上銃声を立てるのはまずい」

「いいとも」ハートは言った。「さあ、やれよ。絞め殺してみろ」彼は首を伸ばし、自分から顎を突き出した。スケーターは大きな両手を上げて指を広げ、ハートに近づいてその喉に手をかけた。ハートは身動きせずにじっと立っていたが、喉にかけられた手が締まってくるのを感じると、左腿を突き上げて膝をスケーターの股間にぶち込んだ。スケーターはすさまじい悲鳴を上げてうしろによろめいた。

ハートは彼を追いかけてそのからだをつかみ、銀髪の男めがけて突き飛ばした。スケーターはまた悲鳴を上げて銀髪の男にぶつかり、銃声がハートの耳をつんざいた。スケーターと銀髪の男が地面に倒れ、不気味な音を立てるスケーターの横で、銀髪の男は銃の狙いを定めようとしていた。

ハートは迷っていた。いま逃げ出したら銃に背を向けることになり、逃げ切れるかどうか自信がなかった。だが、このまま立っていても撃たれるのは時間の問題だ。ただひとつ言えるのは、ジャーマンタウンを選んだことをいまでは後悔しているということだった。

すでに銃口が向けられ、銀髪の男は立ち上がろうとしていた。スケーターは地面の上でのたうち、うめき声を上げている。ハートは両手を上げて間の抜けた笑みを浮かべた。

「手こずらせやがって」銀髪の男が言った。

「おまえはどうか知らないが、おれは首を絞められるのが嫌いでな」ハートは言った。

「おれが人を撃つのが好きだとでも思っているのか？」

「いや」ハートは答えた。「おまえはいいやつだ。立派な男だ。人を撃ったりするもんか」

「理由がないかぎりな」

「で、これが正当な理由になるというのか？」

「そうだ」銀髪の男は言った。「人を撃つのは好きじゃない。ちっとも楽しいことじゃないからな」

「それは結構。つまりは、おれを撃たないということだな」

「いや、おまえを撃つということだ」

「理由があるとでも？」

「ちゃんとした理由がな」

「なるほど、わかった」ハートは言った。「財布がほしいんだろう？　財布なら渡してやる」

彼はポケットから財布を取り出した。

「投げろ」銀髪の男が言った。「おれの目を狙ったりしたら、腹にぶち込むぞ」

ハートが財布を放り投げると、男はそれを受け止めてポケットに入れた。彼はハートから目を離さずに言った。

「ポール、ぐずぐずしている暇はない。立てるか？」

　スケーターはすすり泣いていた。「つぶれちまった。あそこがぺしゃんこだ」

「ちょっと見てみろ、ポール」

「怖くて見られない」

「見るんだ、ポール」

　ポールはしゃくり上げた。「怖いんだ、チャーリー。ただでさえ気分が悪いんだ。見たらなおさら悪くなる」

「どうしようっていうんだ？」ハートが口を挟んだ。「ここに突っ立ってるつもりか？」

「さあ」銀髪の男は言った。「ここに立っていてもなんにもならないしな」

「おれもそう思う」ハートは自分の胸とレヴォルヴァの距離をほぼ二ヤードと踏んだ。

「ひどく痛い」ポールが言った。「チャーリー、なんとかしてくれ。我慢できないんだ」

　チャーリーは口をゆがめて考えこんだ。ハートの肩越しに何かを見つめているような目をして言った。「彼をここから連れ出そう」

　警察の呼び子が聞こえた。短く、長く、また短く二度。そしてかなり長い音のあと、その数が増えた。

　チャーリーが唇の内側を強く嚙んだ。「よし、急いでここを出よう。おまえは脚を持ってくれ。おれは片手で彼の手首をつかんで、もう一方の手でレヴォルヴァを持つことにする。背中をこっちに向けて彼の脚を持ち上げろ」

　ハートは言われたとおりにした。ポールはうめき声を上げ、それがだんだん大きくなって悲鳴に変わると、チャーリーが言った。「黙るんだ、ポール」

　ポールはまたすすり泣きをはじめた。彼らはポールを運んでいった。ポールが言った「我慢できない、チャーリー。どうしても我慢できないんだ」

「急ごう」チャーリーが言った。

　ハートは足を速めた。

「お願いだ、チャーリー――」ポールはうめき、すすり泣いていた。「ちょっと止まってくれ、頼む」

チャーリーは返事をしなかった。彼らは足早に歩いていった。呼び子がまた鳴った。路地の出口に近づくと、チャーリーが右へ曲がってトゥルプホーケン通りに戻ったほうがいいと言った。ポールは病院に連れて行ってくれ、とチャーリーに泣きついていた。ハートは、ポールの脚を放り出して一か八か全力疾走してみたらどうだろう、と考えていた。やがて彼らは路地の出口にたどり着き、別の路地に入っていった。

「このまま進もう」チャーリーが言った。ポールの体重の半分が片腕にかかっているせいで、荒い息をしていた。

彼らは呼び子の音がしないかと耳を澄ませた。何も聞こえなかった。

「せめて家に連れて帰ってくれ」ポールが言った。

「そのつもりだ。歩けるか？」

ポールはうめき声を上げた。

「試してみろ」チャーリーは言った。「おまえ、脚を離してやれ。立てるかどうか、やってみるんだ」

彼らが脚を地面に下ろして立たせると、ポールはうめきながらその痛みを訴えた。彼ががっくりと膝を落としたので、二人はもう一度試してみた。五回目の挑戦で、やっと立たせることができた。

チャーリーが言った。「おまえは大丈夫だ、ポール」

ポールはハートを見据えた。「あとで話がある。わかってるだろうな」

「そんな脅しが効くと思うか？」

ポールは答えなかった。チャーリーはレヴォルヴァでポールを示した。「肩を貸してやれ。おれはうしろを歩く」

三人はゆっくりと歩いた。ポールがまたうめきはじめた。二つ目の路地を抜け、狭い道路を横切って次の路地に入った。そして、また次の路地を抜けてモートン通りへ出た。モートン通りを歩きはじめると、チャーリーが思い直してやはり路地を通って裏口に回ったほうがいいと言いだした。

彼らは引き返し、モートン通りと平行に走る路地に入った。路地を歩きながら、ハートは家の数を数えていった。七軒目までくると、チャーリーが家を示した。彼はハートに、階段を上って裏口のドアを五回ノックするように命じた。

ハートが階段を上がると、表のほうからぼんやりとした灯りが漏れてきた。五回ノックした。応答を待ちながら、裏口のポーチから飛び下りて路地の暗闇に賭けてみたらどうだろう、と考えていた。うしろを向いてチャーリーを見ると、磨きこまれたレヴォルヴァの光沢が目に飛びこんできた。

ドアが開いた。ふわふわしたプラチナブロンドの太った女がハートを見つめた。彼女がじっと見つめていると、チャーリーが声をかけた。「下りてきてくれ、フリーダ。ポールに手を貸してやってほしい」

「ポールがどうかしたの？」太った女は心配そうに訊いた。

ハートは考えていた。この太った女を捕まえて盾にし、素早くなかに入ってドアを閉め、急いで家の中を通り抜けて表のドアから逃げることはできないだろうか？ いや、それはやめたほうがいい。あまりにも複雑すぎる。ハートはしばらく様子を見ることにした。そのうち、もっといいチャンスが向こうからやって来るかもしれない。

階段を上がってきたチャーリーが、ハートに家に入るように言った。軋む階段をゆっくりと上がるフリーダとポールの足音が聞こえた。彼らはキッチンに入り、チャーリーが灯りをつけた。旧式のコンロと冷蔵庫のある、小さくてこぎれいなキッチンだった。表の部屋から近づいてくる足音と話し声が聞こえた。二人の男がキッチンへ入ってくると、ハートは彼らを眺め回した。二人は屈強な体格をした背の高い男で、仕立てのいい流行のウーステッドのダークスーツを着ていた。男のひとりはハンサムだった。

二人はハートに目を向けた。

ハンサムなほうの男が言った。「こいつは誰だ？」

「頭痛の種だ」チャーリーが答えた。

「あんたにそう言われるとはな」ハートは口を挟んだ。

「なあ、チャーリー」ハンサムな男が言った。「こんなやつ、必要ない」

「いずれそうなるだろうが、いまは必要だ。ここにいてもらう」

「タバコがほしいんだが」ハートが言った。

フリーダは、ポールを別の部屋へ連れていこうとしていた。ハンサムでないほうの黒髪の男が、コートのポケットからタバコのパックを取り出した。パックをはじいてタバコを二本出し、それをハートに差し出した。ハンサムな男がマッチを擦った。

ハートは煙を吸いこんで吐き出した。「どうもありがとう」

今度は二人とも知らん顔だった。彼らはチャーリーのほうを向いていて、ハンサムな男が言った。「なあ、それでなくてもぎゅうぎゅう詰めなんだぜ」

「その点はだいじょうぶだ」チャーリーが言った。「レナーを殺《や》った」

「どこで？」ハンサムな男が訊いた。

「路地だ。やつに当たったのはまちがいないが、倒れるところは見えなかった。そこへ行ったときにはいなくなっていた。モートン通りへ出てみたが、そこにもいなかった。ポールがモートン通りを嫌がったし、おれも危ないと思ったので、路地へ戻って相談したんだ。結局、おれがやつはモートン通りにいる、と言って譲らなかったので、路地を出てモートン通りの反対側を調べた。そして元の場所へ戻ってみると、この男がやつといっしょにいたんだ。この男はおれたちを見て逃げ出した。おれたちはあとを追いかけたが、レナーのところでちょっとだけ足を止めて彼が死んだかどうか確認したんだ」

「死んだのか？」ハンサムな男が訊いた。

「ああ、死んでた。それで、おれたちはこの男を追いかけて裏庭で捕まえた。だが、ポールが手荒な真似をしたので、こいつがやつに膝蹴りを食らわせたというわけだ」

ハンサムな男は振り返ってハートを見つめた。「どこでレナーと知り合ったんだ？」

「この男はレナーと関係がないと思うが」チャーリーが答えた。

「あるかもしれない」ハンサムな男は言った。

「チャーリーの話を聞けよ」ハートが口を挟んだ。「彼は頭がいいんだ」

ハンサムな男は握りこぶしを作り、ハートの目の前に突き出した「最後に歯医者に行ってからどれくらいになる？」

「この男はレナーとは関係ない」チャーリーが言った。「好奇心が強いだけさ。だが、いちおう確かめることにしよう。彼をここから逃がさないかぎり、心配はない」

「レナーから財布を取り上げたか？」

「財布なら手に入れた。だが、レナーからじゃない。この男からだ」

「この男から、というのはどういうことだ？」

「この男がレナーの財布を取ったんだ」

ハンサムな男はハンサムでないほうの男に向き直って言った。「タバコをくれ」

ハートはオーヴァーコートを脱ぎ、椅子の背にきちんとかけた。

ハンサムな男は、火のついたタバコをチャーリーに向けた。「物事をしっかり見なくちゃだめだ、チャーリー。この男はレナーと関係があるんだ。財布がその証拠だ」彼は横を向き、マニキュアをした清潔な手をもうひとりの男の肩に置いた。「たとえば、ここにいるリッツィオだって外部と通じてるかもしれない。そんなこと、誰にもわからないだろ？」

「言ってくれるじゃないか」リッツィオが言った。

「おまえに嫌な思いをさせようとは思わないが、リッツィオ」ハンサムな男が言った。「この仕事じゃ、穴はぜんぶ塞がなくちゃならないってことだ。おれが外部と通じているかもしれない。もしかするとフリーダが。それともマーナが。チャーリーだって。おれが何を言おうとしているかわかるか？　レナーがあんなことをしでかすなんて、誰が思った？　分け前がほしかったら、どんな穴も開いたままにしておくわけにはいかない」

「確かにそうだ」チャーリーは認めた。「タバコをくれ、リッツィオ」

　ハートは彼らの周りを回って椅子をひとつ取り、それに腰掛けてのんびりと一息ついた。そして、テーブルに片ひじをついて成り行きを見守った。

　チャーリーはまだレヴォルヴァがあることを念押しするように、ハートにそれを見せた。そして、リッツィオに向き直って訊いた。「車はどこだ？」

「おれが駐めた場所だ」リッツィオが答えた。

「二階へ行け」チャーリーが言った。

「なぜ？」リッツィオが訊いた。

「ポールの様子を見てこい。下りてきたら、やつがどんな具合か教えてくれ」

　リッツィオがキッチンから出ていった。

　チャーリーとハンサムな男は、タバコを吸いながら立ったまま見つめ合っていた。しばらくすると、二人は同時にハートに目をやった。そしてまた、おたがいを見つめ合った。

「この男をどうする？」ハンサムな男が訊いた。

「彼と話してみよう」チャーリーが言った。

「おれが話す」

「手荒な真似はするな、マットーネ」

「なんで？」

「手荒なことをすると、やり返されるぞ」

　ハンサムな男は、こぶしをこすりながらハートの顔を見てにんまりした。「気に入ったぜ。やり返してくるくらいでなくちゃおもしろくない」

「やり返されたら、おまえはかっとなって殺してしまう」チャーリーが言った。「彼はしばらく生かしておきたい。何か役に立つかもしれないからな」

「おれに何かやらせるつもりか？」ハートが言った。

「一回だけ殴らせろ」マットーネが言った。「わからせてやる」

　チャーリーはせっせとタバコを吸い、煙をもくもくと吐き出していた。最初はゆっくり吐き出していた煙を、いまでは立てつづけに噴き出している。「いいか、マットーネ、殴るなと言ったんだ」

　チャーリーはキッチンの外へ向かった。マットーネが彼の腕を突ついて言った。「警察のほうはどうだ？」

「警察は動いていた」

「見られたのか？」

「呼び子が聞こえた」

「このあたりをしらみつぶしに調べるぞ」マットーネが言った。「こうやって缶詰になっているかぎり――」

「だめだ」チャーリーが言った。「ここにいるんだ」

「ちょっと待てよ、チャーリー――」

「ここを離れない、と言ったんだ」チャーリーはそう言い捨ててキッチンを出ていった。

　マットーネはジャケットのポケットに手を入れ、レヴォルヴァを取り出した。ハートの顔を見てにやりと笑い、空いている椅子に向かって歩いていった。椅子の背にかけてある派手なグリーンのコートに目を留めると、ますますおかしそうに笑った。そしてハートの顔とチョコレートブラウンのフラノのスーツを見比べ、そばへ来て上等のフラノに指を這わせた。彼は椅子に戻り、派手なグリーンのラパマ・フリースに手を置いた。そして、またハートを見つめた。「どうもわからないな」

「誰でも浮き沈みはあるもんだ」ハートが言った。

　マットーネはコートの前立てを持ち上げてラベルに目をやった。ハートにからだを向けた。「あの店に入ってコートを買ったということか？」

「あの店に入ってコートを盗んだんだ」

「へえ」マットーネは口からタバコを離し、それを軽く指にはさんだままテーブルの反対側の席に腰を下ろした。

「コートを盗んだと。ほかには何を盗んだ？」

「何も」

「あの店では何も盗まなかったんだな。ほかの店ではどうだ？」

「何も」

「いいか？」マットーネが言った。「いいかげんなことを言うな。財布を盗んだんだろ？」

「ちがう。盗んだんじゃない。彼が持っていけと言ったんだ」

　マットーネは身を乗りだした。「おれの顔をよく見ろ」

　ハートはじっと彼を見つめた。「いや、あんたはバカには見えないぜ。それに、あんたをバカにしてるわけじゃない。本当なんだ。彼が財布を持っていくように言ったんだ」

「なんであいつがおまえに財布を渡したんだ？」

「彼に訊けよ」

　マットーネはからだの向きを変えて足を組み、床にタバコの灰を落とした。そして、灰に目をやってにんまりした。

「おまえは楽しませてくれそうだな。本格的に楽しめそうだ。長いことリングから遠ざかっているんでな。どういうことかわかるな。誰かの顔にパンチをお見舞いしたくてウズウズしているんだ。体重はどれくらいある？」

「百四十ポンドだ」

　マットーネはプッと吹きだし、手にしたレヴォルヴァに目をやった。「こんなものは必要なさそうだ」

　彼はレヴォルヴァをジャケットのポケットにしまった。

「頬紅をつけているのか？」ハートが言った。

「なんだと、待ちきれないのか？」

「眉毛はどうだ？　毎日抜いているのか？」

「週に三回な」マットーネが言った。「いますぐやりたいんだな。後戻りはできないぞ」

「まあ、待てよ」ハートは言った。「たいして怒ってないくせに。ぜんぜん怒ってないんだ。少しばかり楽しみたかっただけだ。だが、チャーリーが言ったことを思い出してみろ」

「おもしろくなってきたぞ」こう言うと、マットーネは立ち上がった。「思い出せないな。これがおれの弱点なんだ。記憶力ってのがな」

「おかしなやつだ」ハートが言った。

マットーネの目が嬉しそうに輝いた。「素晴らしい。やりたくてたまらないようだな」

「それなしでは生きていけないほどだ」

「よし、立てよ。これでも食らえ」

ハートは腰を上げたがすぐに素早く坐りこみ、口をめがけて飛んできたストレートをかわした。マットーネはもう一度右パンチを出そうとして身を乗り出したが、ハートが彼の向こうずねを蹴った。飛び退いて膝に手を伸ばしたマットーネの右脇腹に、立ち上がったハートがパンチを食らわし、さらに右アッパーカットを繰り出したがこれは空振りに終わった。マットーネは跳ねながらうしろへ下がり、フットワークを使いはじめた。ハートはいったん前に出てからすぐに素早く後退すると、床に手を伸ばして椅子の足をつかんだ。マットーネは止めようとして飛び出したが、すでに両手で椅子をつかんでいたハートはマットーネの顔めがけて投げつけた。なんとか腕で椅子を防いだマットーネだったが、ハートに突進しようとする途中でその椅子に躓《つまず》いた。ハートは必死の形相で素早く動き、そのこぶしがマットーネの鼻や口や顎をとらえた。マットーネの顔が血に染まり、それが彼の気に入らなかった。ハートの胸を殴りつけた。さらに肋骨にパンチを食らわせた。そしてハートを壁際に追いつめて右こぶしを突きつけ、立てつづけに三発ハートの顎にぶち込んだ。倒れそうになったハートが頭を垂れると、マットーネが右手を下げてアッパーカットの構えをしているのが目に入った。ハートはそのまま頭を下げ、マットーネの鳩尾《みずおち》に頭突きを食わせた。そして思い切り頭を突き上げると、彼の脳天がマットーネの顎に命中した。

「ううっ」と呻いたきり、マットーネは意識を失った。ハートは崩れ落ちる彼の脇の下をつかんだ。そしてゆっくりと彼を横たえ、その上に屈みこんでホルスターに手を伸ばした。

「よせ」チャーリーの声がした。「やめておけ」

チャーリーは戸口に立ち、レヴォルヴァを構えていた。

「ゆっくり休みたいんだ」ハートは両手を下ろしたまま立ち上がった。

「もう誰も手出しはしない」チャーリーが言った。「いくらでも休める。彼の銃を使ってうまく裏口から出たとしても、おれがリヴィングルームから撃つ。今夜、おまえはいいカードばかり引いているな」

「ああ。嬉しくて歌いたい気分だぜ。見てたのか？」

「ここへ来たら、やつがおまえにアッパーカットを食らわせようとしているところだった。おまえがやつの顎に頭突きを食わせようとしていることはわかっていた。やつに警告しようと思ったんだが、おまえがなかなかよくやっていたので、どこまでやれるか見届けたいと思ってな」

ハートは顎に手をやった。腫れてはいなかったが痛みがあった。

「どうしてこんなことになった？」チャーリーが訊いた。

「やつが頬紅をつけてるかどうか知りたかったんだ」

チャーリーが近づいてきて、ひっくり返った椅子を元に戻した。そしてレヴォルヴァの銃口をハートに向けたまま、片足を椅子に乗せてその膝に腕をついた。「まだこんなことをするなら縛り上げるぞ」

「しなかったらどうなんだ？」

チャーリーはこの答えが気に入って頷いた。「それならいい。さっきのは素晴らしかった。ぞくぞくしたぞ」

「そうだろう。檻に入ったサルの飼育係が外にいるようなものだ。ところで、いま何時だ？」

チャーリーは腕時計に目をやった。「八時二十分だ」

「今朝七時に朝食をとったきりだ。それから何も食べていない」

「なぜだ？」

「文無しなんだ」

「よし、食わせてやろう。ところで、名前は？」

「アルだ」

「わかった、アル。フリーダに食事の用意をさせよう。いまのおまえに必要なのはフリーダと仲良くなることだ」

キッチンに入ってきたリッツィオが、マットーネを目にして言った。「どうしたんだ？」

「ネズミを見たのさ」ハートが答えた。

チャーリーはリッツィオに目を向けて言った。「フリーダを連れてこい」

リッツィオがキッチンを出ようとすると、チャーリーが声をかけた。「ちょっと待て、ポールの具合はどうだ？」

「ひどく興奮してるが、大丈夫だ」

「タバコをくれ」チャーリーが言った。

リッツィオはポケットからタバコを出し、ハートのほうを向いて言った。「おれの役目はこんなことばかりだ。階段を上がったり下がったり、みんなにタバコを渡したり」

彼がチャーリーのタバコにマッチの火を差し出した。

「フリーダを呼んでくる」

チャーリーはシンクのところへ行き、グラスに冷たい水を満たした。そしてマットーネに近づき、その顔に水をかけた。

マットーネは上体を起こしてチャーリーを見上げ、次にハートに目を移した。立ち上がって顔の水を拭うと、ウーステッドのスーツの胸ポケットから大判の白いハンカチを取り出して顔に押し当てた。そして、チャーリーの横をすり抜けてキッチンから出ていった。

「ハンサムなやつだな」ハートが言った。

「昔はライトヘヴィ級のいいボクサーだったが」チャーリーが言った。「ある晩ボディ・パンチャーと対戦して、腎臓障害を起こして入院したんだ。退院したときには太りはじめていてな。ヘヴィ級に転向したんだが、今度は黒人ボクサーに顎を打たれて脳震盪を起こした。病院を出ると、サウス・フィリーの犯罪グループと付き合いはじめた。ある晩やつがビリヤード場にいたら、嫌いな男が電話のブースで電話をかけていた。やつがビリヤードの玉を投げると、それがブースに飛びこんだ。男がブースから出てきたときは頭の骨が折れていたんだ。マットーネはその件で一年食らった。そのあとはガソリンスタンドや食料品店の盗みに手を染めようとしていたので、ある晩あいつに出会ったおれは、もっとましなことができるはずだと言ったんだ。やつは余計なお世話だと言った。だがガソリンスタンドを襲った晩に、店員にモンキーレンチで腹を殴られた。なんとか逃げ出したものの、一カ月近く病院で過ごすことになった。退院すると、おれのところへやって来た。それ以来の付き合いだ」

「いつのことだ?」

「二年まえだ」

　フリーダがキッチンに入ってきた。

　チャーリーが言った。「食事を作ってやれ。おれはリヴィングルームにいる」ハートに顔を向けた。「フリーダならアイオワへ行って大声選手権のチャンピオンになれる。レヴォルヴァは手元に置いておくからな。面倒を起こすなよ」

「わかってる」ハートが言った。

　チャーリーはキッチンから出ていった。

3

フリーダは大柄な女だった。どちらかといえば堅太りのからだで、五フィート五インチの身長に体重は百六十ポンドもありそうな堂々たる体格をしていた。ガードルは着けていないように思えたが、彼女が背を向けて前屈みになるとそれがはっきりした。先ほどとはちがう紫色のドレスを着ていて、それはあまりにも窮屈すぎた。伸びきってしまっているようだ。さっきの彼女が地味な普段着を着ていたことを思えば、紫のドレスは彼のために着たのだろうか。ふくらはぎもほかの部分と同様固くて丸い脂肪の塊だが、足首にいくに従ってだんだん細くなり、足にはこれもさっきとは大ちがいのハイヒールを履いていた。

彼女は振り返ってハートに目を向けた。「卵は好き？」

「スクランブルが」

「スクラップルは？」

「とても」

「いいものを作ってあげるわ。コーヒーは好き？」

「それで生きてるようなものだ」

フリーダはにっこりした。彼女はハートに見つめられたがっていたし、彼は彼女を見つめていた。プラチナブロンドの髪を大きく膨らませ、一部を額でカールさせて残りは耳のうしろを通して背中に垂らしている。澄んだブラウンの健康的な目。薄いマスカラ。滑らかなラインの鼻の下には、赤い絵の具にほんの少し紫を混ぜたような深紅の大きな唇。丸いピンクの顔に掃かれた頬紅は、微かに紫の混じった濃いピンクだった。

顔にはしわひとつなかった。

ハートは好奇心から眉間にしわをよせた。「きみは健康なんだな」

「気をつけているもの」彼女の声は大きくて張りがあった。

「歳を当てようとしているんだが」ハートは言った。

「三十四よ。四回結婚したわ」

「いまも結婚してるのか？」

「たぶんね。彼はいまどうしてるかわからないの。どこにいるのかもね。最後に会ったときはシンシナティにいたわ。一年まえのことよ。本当におもしろくて、気前がいい人だった。でも、あまりにもいい加減でね」

「で、きみはどうしたんだ？」

「誕生日に彼がくれた銀の手鏡で鎖骨を折ってやったわ」

「効果のほどは？」

「いいえ、ちっとも懲りなかったわ。退院してから、フロリダまで追いかけてきたの。何度か顔につばをかけてやった。終いには人前でよ。さすがに効果があったわ。彼は殴りかかってきたけど、あたしはその晩プロレスラーといっしょだったの。実際には、そのレスラーに向かっていったのよ。五分くらいは持ちこたえたけど、すぐに二、三台離れたテーブルの向こうまで投げ飛ばされて外に運び出されたわ。それ以来会うことはなかったけど、シンシナティでひょっこり訪ねてきたの。お金をほしがってね。それを聞いて愉快だったわ。あたしはいい気分になって結局お金を渡したの」

　ハートは笑顔を作り、声を立てて笑った。彼女もいっしょに笑った。

　フリーダが料理を出した。彼女は優秀なコックだった。それどころか、もっと繊細でしゃれた料理を作った。彼女は腰を下ろし、ハートが料理を楽しむのを眺めていた。

　彼は二杯目のコーヒーをゆっくりと飲んでいた。彼女の視線を意識しながら、カップのなかの黒い液体を見つめていた。自分がくさびを打ちこんだことはわかっていたが、性急にその穴を広げようとは思わなかった。無理をすれば割れてしまうかもしれないからだ。

　彼が口を開いた。「レナーのことを聞いたか？」

「ええ、ポールに聞いたわ」

「ポールの具合はどうだ？」

「薬を飲ませたわ。いまごろは眠っているでしょ。彼なら大丈夫よ。あなた、彼が元気になるまでここにいたら、きっとたいへんな目に遭うわよ」

「ここにいるつもりはない。ところで、それは本物のプラチナブロンドか?」

「いいえ、わかってるくせに。それに、出ていくつもりはないんでしょ?」

「いや、フリーダ」彼は真顔で言った。「出ていかなきゃならない。と言っても、それはおれの考えだが」

「出ていくにしても」彼女は、最後のことばが聞こえなかったかのように言った。「それからどうするの?」

「二度と近づかない」

「通報するつもり?」

「それほどばかじゃない」

「何かありそうね。ちゃんと話してよ」

「ニューオーリンズで指名手配されている」

「なんで?」

「殺人だ」

彼女は小首をかしげて曖昧に微笑んだ。「ねえ、あたしをおもしろがらせようとしてるんじゃないでしょうね?」

「きみが話してくれって言ったんじゃないか。だから、話してるんだ」

「いいわ、もっと話して。誰を殺したの?」

「兄貴だ」

「あなた、なんて名前?」

「アル」

「ねえ、アル、実のお兄さんを殺したっていうの?」

「そうだ」

フリーダは立ち上がった。「チャーリー!」

荒々しい足音がキッチンに向かってきた。レヴォルヴァを構えたチャーリーが、戸口に現われた。「どうしたんだ?」

「チャーリー、聞いてほしいことがあるの」彼女はハートに目をやった。「さあ、チャーリーに話しなさいよ」

ハートはカップを空《から》にしてから言った。「きみがそうしろと言うなら話す。きみに頼まれたから話したんだ。それを忘れないでくれ」彼はチャーリーに向き直った。「おれは兄殺しの容疑でニューオーリンズで指名手配されている、と言ったんだ」

　チャーリーは片方の掌にレヴォルヴァを乗せ、もう一方の手でそれを撫でた。「なぜ逃げたんだ?」

「アリバイがない」

　フリーダが訊いた。「どうしてフィラデルフィアへ?」

「メキシコ湾を渡る船が手に入らなかったからさ」ハートは言った。「信用できるつてがなかったので、直接北へ行くことはできなかった。まず東へ行かなければならなかった。バーミングハムへ行って、そこから北へ向かった。それで、やっとここまでたどり着いたんだ」

「いつ来たんだ?　どうやって?」チャーリーの声は穏やかだった。

「ボルティモア発の午後の列車で来た」ハートは言った。「列車が十三番通りの駅に着くと、私服の男たちが乗りこんできた。彼らの目的はわからなかったが、その場に残って確かめようとは思わなかった。おれは席を立って隣の車両へ移った。別の私服の男たちがドアを見張っていた。おれは次々と車両を抜けて歩きつづけた。端から二両目あたりまで来ると、振り返って様子を見ずにいられなくなった。振り返ると、二人の男がおれのあとからやって来た。次のドアには見張りがいなかったので、おれはそのドアから降りた。やつらは外を通って追ってきたが追いつかなかった。荷物は列車に残さざるをえなかった。そのなかに七百ドルくらいの金の入った旅行カバンがあった」

「その辺が曖昧だな」チャーリーが言った。「財布はどうしたんだ?」

「逃げているときは妙なことをするものさ」

「だが、それでもまだ説得力がないぞ」

「わかった、確かにそうだ」ハートは言った。「今夜、ブロード通りの店に入って、そこの椅子にかかっているオーヴァーコートを盗んだ」

チャーリーはオーヴァーコートに目をやった。「ブロード通りのどこだ？」

「カロウィル通りから北へ行ったあたりだ」

「わかった、なんて店だ？」

「〈サム・アンド・ハリー〉だったと思う」

フリーダは、派手なグリーンのオーヴァーコートを見つめていた。彼女は言った。「新品のようね」

チャーリーがフリーダに顔を向けた。「電話帳の紳士服の部で〈サム・アンド・ハリー〉という店を探すんだ。ブロード通りとカロウィル通りの交差点あたりに〈サム・アンド・ハリー〉という洋服屋があったら、言いに来てくれ。それと、マットーネを連れて来るんだ」

フリーダが出ていった。

チャーリーはトリガー・ガードに人差し指を通し、レヴォルヴァをくるくると回した。「少し調べさせてもらってもかまわないだろ？」

ハートは首を振り、床に目を落とした。チャーリーは冷蔵庫に寄りかかり、レヴォルヴァを回しつづけていた。リヴィングルームから電話帳を繰る音が聞こえた。やがて、フリーダがマットーネを連れてキッチンへ入ってきた。

フリーダが言った。「たしかにカロウィル通りとブロード通りの交差点に〈サム・アンド・ハリー〉という店があるわ」

チャーリーは聞こえないふりをした。彼はマットーネに言った。「そのオーヴァーコートを見てくれ」

マットーネが近づいてオーヴァーコートを調べた。派手なグリーンの生地を指に挟んでこすってみた。

「上等なものか？」チャーリーが訊いた。

マットーネは答えた。「おれの目が確かなら、九十ドルはするものだ。〈サム・アンド・ハリー〉の品じゃないな」

チャーリーがハートに目を向け、ハートはマットーネを見つめて言った。「バカか、おまえは。十分まえに〈サム

・アンド・ハリー〉のラベルを見てたじゃないか」

マットーネはコートを置いてハートに詰め寄り、猛然と殴りかかった。ハートはコンロのところまで後退りしたが、やがてコンロから離れ、倒れたときの衝撃を弱めようとして両手を下げた。そしてそのまま膝をつき、うつ伏せに倒れた。

チャーリーが言った。「やつに付添っていてくれ、フリーダ」

「おれに付添わせてくれ」マットーネが言った。

チャーリーはマットーネに目をやった。「おまえはおれといっしょに来い」

二人はリヴィングルームへ行った。チャーリーは電話帳を手に取り、番号を調べて電話をかけた。相手が出ると、チャーリーは言った。「今夜、お宅の店でオーヴァーコートの盗難がありませんでしたか？」

電話の向こうで声がした。「少々お待ちください——」

チャーリーは受話器を置き、マットーネに目を向けた。

「やつらは逆探知しようとしている。これで満足か？」

「なあ、チャーリー、あの男は気に入らない」

「おれだって、おまえが気に入らない」チャーリーが言った。「だが、おまえが自分の仕事を心得ているから我慢しているんだ。おれはおまえの仕事に満足している。だが、両方が満足することが必要だ。報酬には満足か？」

「いいか、チャーリー——」

「報酬に満足してるか？」

「ああ、してる」

「よし、だったら、言われたとおりにしろ。おれがしてほしくないことはするな」

キッチンでは、ハートが起き上がって指で顎を叩いていた。フリーダはテーブルに向かって坐り、頬杖をついてハートを眺めていたが、チャーリーが入っていくと振り返った。彼女はチャーリーの目をじっと見つめた。

ハートが立ち上がった。「電話したのか？」

「ああ」チャーリーは言った。「いますぐ出ていきたいなら、行くといい」

「どうしたらいいと思う？」ハートが訊いた。

「ニューオーリンズへ帰るんだな」チャーリーは言った。

「追手はここまで来ている、フィラデルフィアまでということだが。あの旅行カバンのせいだ――向こうで旅行カバンを買ったんだとしたらな」

「カバンは、それまでのカバンを捨ててナッシュヴィルで買った。だが、ナッシュヴィルまでつけられていたんだ」

「ということは、ここまでつけられているということだ。ニューオーリンズへ戻って、そこで身を隠すのがいちばんいい。小さな町はやめろよ。小さな町はだめだ」

「文無しなんだ」ハートは言った。

チャーリーはズボンのポケットに手を入れ、何枚かの札を取り出した。そして、十ドル札を一枚ハートに渡した。

「恩に着るよ」ハートは札をポケットにしまってオーヴァーコートを着た。そしてキッチンの入り口に目をやってから、裏口に目を向けた。

チャーリーが言った。「ジャーマンタウン・アヴェニューに出るまでは、トゥルプホーケン通りに近づくな。そこからトゥルプホーケン通りに戻って、トロリーに乗るんだ。おれだったら今夜のうちにフランクフォードへ行って、そこで二、三週間過ごしてほとぼりが冷めるのを待つ。そしてまっすぐニューオーリンズへ帰って、少なくとも一カ月考えをまとめる。それからメキシコ湾を渡るか、テキサスを通って国境を越える」

ハートは裏口を開けて外に出た。冷たい空気がガチガチに凍ったキャンヴァス地のように彼を打った。路地を歩きながら、数秒ごとにあたりを見回して人影や物音に気を配った。ようやくチャーリーがもう尾行してこないだろうと判断したが、代わりに彼がすることの見当はついていた。チャーリーは頭がいい。どこでハートを――そして一万一千ドルを――待ち伏せすればいいかは心得ているだろう。ハートが戻らなかったら、チャーリーが行動を起こすまでにせいぜい五分くらいの猶予しかあるまい。外は寒かったし、ハートはばかではなかった。戻ることにしよう、それでいい。

三十ヤードほど離れたさっきの庭へ行き、ハートは冷えて硬くなった土を掘り起こしはじめた。

彼は、一万一千ドルを丸めてオーヴァーコートのポケットに押しこんだ。そして、路地を歩いてあの家へ帰っていった。

ドアが開くと、チャーリーがレヴォルヴァを構えて立っていた。

「よし」チャーリーが言った。「入れ」

ハートはキッチンに入った。テーブルの前に坐っていたフリーダが、映画雑誌から目を上げた。ハートはオーヴァーコートのポケットから丸めた札を取り出し、その金をチャーリーに差し出した。

チャーリーは札を受け取って数えた。

「まちがいないか?」ハートが訊いた。

「まちがいない」チャーリーは答えた。

フリーダが眉をひそめた。「どうなってるの?」

チャーリーは微笑んだ。「アルが金を返しに来たんだ」

フリーダはチャーリーが手にしている札を指さした。

「レナーが盗んだお金?」

チャーリーの顔に笑みが広がった。「そのとおりだよ、フリーダ」

ハートは言った。「財布が空《から》だということは気づいていたんだな。だから、おれに金を取りにいかせたんだ」

チャーリーはゆっくりと頷いた。

「おれが金を持ってくるのを、五分くらいは待つつもりだったんだろう。もしそれまでにおれが戻らなかったら、ジャーマンタウン・アヴェニューとトゥルプホーケン通りの角で待ち伏せして捕まえるつもりだったんだ」

「だから戻ったのか?」

「それだけじゃない」

「わかった、ぜんぶ話してみろ。なぜ戻ってきたんだ?」

「外は寒《コールド》すぎる」

「追手が迫って《ホット》いるからじゃないのか」

ハートはにやりとした。「両方だ。この天気は嫌だ。警察に追われるのも嫌だ。ほしいのは身を隠す場所だけだ。隠れる場所はここしかない」

「思ったとおりだな」チャーリーは言った。

二人は立ったまま笑みを交わした。すると、チャーリーが言った。「十ドル貸してるぞ」

ハートは十ドル札を取り出してチャーリーに渡した。

「一週間分の部屋代と食事代だ」

「まけておこう」そう言うと、チャーリーは戸口へ行ってリッツィオを呼んだ。彼はリッツィオに、地下室のどこかにある折り畳みのベッドを二階へ運んでほしいと言った。そして、ハートには目を向けずにつぶやいた。「居心地がよければいいがな」

フリーダはテーブルを離れてシンクのところへ行った。ハートの横を通り過ぎるとき、手を下ろして彼に触れた。

「きっと居心地はいいわよ」

4

リッツィオが地下室で動き回る大きな物音が聞こえ、つづいて簡易ベッドを二階へ運び上げようと奮闘する音が聞こえた。キッチンに入ってきたマットーネが、グラスに牛乳を注いでチョコレートクッキーを出した。フリーダはまた映画スターを眺めながら、リンゴを食べていた。ハートは裏口のドアに寄りかかって床に目を落とした。チャーリーはキッチンの中央に立ち、唇の内側を噛んで宙を見つめていた。キッチンは静まり返り、フリーダがリンゴを食べるムシャムシャという音だけが聞こえていた。

誰かが二階から下りてこちらにやって来た。キッチンに入ってきたのは、骨と皮ばかりに痩せた五フィート二インチくらいの若い女で、透き通るような白い肌と漆黒の髪をしていた。ちょうどそのとき、チャーリーがドアのほうを向いてついてくるように言ったので、ハートには彼女の目の色に気づく間がなかった。

二人は家のなかを歩いていった。静かなジャーマンタウンに建つ、静かで小さなありきたりのテラスハウスだ。キッチンと同様、家中に掃除が行き届いていた。

リッツィオが簡易ベッドを運びこんだ部屋の壁には、二枚の水彩画が掛かっていた。二枚とも〝リッツィオ〟というサインがある。

「とてもいい絵だ」ハートは言った。

「本当にそう思うか？」リッツィオは言った。

「急いでベッドを作って出ていってくれ」チャーリーが言った。

「欠点が見つからない」ハートが言った。

リッツィオがチャーリーの腕をつかんだ。「聞いたか？」

「わかったよ」チャーリーが言った。「いずれそのうち個展を開いてやる。ベッドができたらここから出るんだ。だが、そのまえにタバコを二本くれ」

リッツィオは言われたとおりにし、壁に向かって悲しげに自分の水彩画を見つめた。そして部屋を出てドアを閉めた。チャーリーはハートにタバコを一本渡し、ポケットからマッチを出して靴底に擦りつけた。

チャーリーは大きなベッドの端に坐り、ハートは簡易ベッドの端に腰を下ろした。

チャーリーが言った。「この部屋を、おまえとおれとリッツィオの三人が共同で使うことになる」

ハートは簡易ベッドの横にある窓を満足げに見つめた。

「まっ先に新鮮な空気を吸うことができそうだ」

チャーリーはにっこりした。「一月《ひとつき》まえ、その窓から泥棒が入ろうとしたんだ。リッツィオがそいつの顔を殴って窓から投げ飛ばした。おれたちは下りていって、やつを裏庭から、つまり、建物のこっち側の通路から運び出した。背骨と両脚が折れていたよ。マットーネがナイフでとどめを刺してから、みんなで車に乗せて人気《ひとけ》のない通りへ運んで、排水溝に放りこんだ」

「レナーはどこで寝てたんだ？」ハートが訊いた。

「レナーのことは訊くな。質問は一切するな。おれが話したいと思ったら話す。レナーはポールやマットーネといっしょに奥の部屋を使っていた。奥の部屋にはベッドが三台あるが、おまえをポールやマットーネと同室にしたくない。やつらといっしょだと、長生きできないだろうからな。できるだけやつらから離れていてくれ――やつらがおまえに慣れるまではな。さてと、仕事のことを話そう。メイン・ラインの豪邸に押し入るんだ。金のある地域ならどこでもな。フィラデルフィアのメイン・ラインには、全国どこの都市より富が集中している。罪悪感はないさ。ちょっと稼がせてもらうだけだ。麻袋二つか三つまでだ。ほとんどが銀器やアンティークだ。おれたちはサウス・フィリーの故買屋とコネがあって、彼とは十七年間いっしょに仕事をしているが、いい関係だ。ところでリッツィオの水彩画のことだが、どうしてあんなことを言ったんだ？」

「いい絵だよ」

「なんでわかる？」

「単なる個人的な意見、というやつさ。だが、絵にはいささか詳しいんだ。ペンシルヴェニア大学で美術を専攻していたからな」

「自分でも描くのか？」

「いや、だが、かなり収集していた。ニューオーリンズには、素晴らしいコレクションがあったんだが」

「ニューオーリンズでは、ほかに何をしていたんだ？」

「ぶらぶらしていた。食っていくには困らなかったんだ。親父が砂糖で三百万ドルほどの財産を作ってね。親父はそれをおふくろに残した。おふくろが死んだとき、それを兄貴のハスケルが相続したんだ」

「だから兄貴を殺したのか？」

「そうだ」ハートは言った。「金がほしかったんだ」

「何人兄弟だ？」

「男は三人、ハスケルとおれとクレメントだ」

「女は？」

「二人いたが、二人とも死んだ。二人はトゥーレーンの学生だったが、ある晩ダンスから帰る途中、車が二、三回転もするような事故に遭った。まったく幸せな家庭に生まれたものだ」

チャーリリーはリッツィオの水彩画を見つめていた。「ハスケルは結婚していたのか？」

「いや」

「クレメントは？」

「クレメントは十八歳で結婚した。いまは三人の子持ちで、変わった結婚生活をしているよ。つまり、実にうまくいっているということだ」

チャーリリーはからだをうしろに倒して両肘をついた。彼が切り出すと、しっかりと口にくわえたタバコが上下に動いた。「殺人のことを聞こうか」

「ああ」ハートは言った。「凶器には棍棒を使った。強盗の仕業に見せかけようとしたんだ。ハスケルは、オーデュボン・パークの近くの大きな家にひとりで住んでいた。ある晩その家へ行って、召使いに見られないようにして裏口から忍びこんだ。ハスケルの部屋に入るところも見られなかった。おれは彼の脳天に棍棒を振り下ろした。何度も、彼が死ぬまで殴りつづけた。それから部屋の奥に入って宝石を盗んだ——ハスケルは、ダイアをちりばめた時計とかエメラルドのカフリンクとか、そういったものが好きだったんだ。財布には千五百ドル入っていた。本物の強盗に見えるだろうと思った。無事に逃げられたし、部屋はめちゃくちゃに引っかき回しておいたし。だが、あとになって心配になった。警察が、かなりの証拠を集めていたからだ。おまけに、その晩オーデュボン・パークの近くでおれを見たという目撃者が現われた。それで、おれのアリバイは崩れた。で、警察に捕まるのも時間の問題だと思って逃げ出したんだ」

チャーリリーは立ち上がり、ベッドをぐるりと回ってリッツィオの水彩画の前に立った。その絵に眉をひそめた。

「はっきりしたことは言えないが、アル、おまえはおれたちの仕事に役立つかもしれない。あるいは、マーナやフリーダといっしょに下調べに行くほうがいいのかもしれないが。おれには絵のことはよくわからん。つねづね、油絵やなんかには手を出さないのがいちばんだと思ってきた。それに、故買屋の意見も聞かないと。だから、この件は当分保留だ。ただ、おれはおまえの知識が役に立つんじゃないかと思う」

「そのあいだ、おれは何をしていればいい？」

「ここにいるだけでいい。そのうちにすることを見つけてやる。すぐに退屈することはないだろう？」

「すぐにはな」

「いますぐ眠りたいか？　それとも階下へ行ってしばらくラジオでも聞きたいか？」

「眠りたい」

「わかった、アル。それじゃ、明日の朝な」チャーリーは、もう一度リッツィオの絵に目をやって出ていった。

どこまでもつづく雪原のまん中に、まっ黒な水を湛える池があった。男の頭が池から現われ、口を開けて叫びはじめた。

ハートは目を開けて起き上がった。部屋の反対側に動くものがあり、灯りがついた。スイッチに手を伸ばしたチャーリーだった。リッツィオがベッドから出ようとしていた。奥の部屋から叫び声が聞こえてきた。

マットーネが部屋に駆けこんできた。「おい、医者を呼んでくれ」

チャーリーはマットーネについて部屋を出た。リッツィオも、スリッパに足を突っ込んであとを追った。すると「おまえはベッドに戻れ」というチャーリーの声が聞こえ、すぐにリッツィオが戻ってきてドアを閉めた。

「ドアを開けてくれ」ハートが言った。「どうなっているのか知りたいんだ」

リッツィオはドアを開けた。奥の部屋から叫び声が聞こえた。フリーダとチャーリーの声が聞こえた。リッツィオが、封を切ってないタバコとブックマッチをどこからともなく取り出した。

「一本どうだ？」リッツィオが言った。

叫び声がますます甲高く大きくなった。

「一本もらおう」ハートが言った。

リッツィオはハートに近寄り、タバコを渡して火をつけた。二人は奥の部屋から聞こえる叫び声に耳を澄ました。不意に叫び声が止んで話し声が低くなり、やがてその声も止んだ。ハートはタバコをくわえてじっとベッドに坐り、開け放たれたドアの向こうのくすんだ壁を見つめていた。壁に影が映り、そのあとからチャーリーが現われて部屋に入ってきた。

チャーリーが言った。「ポールが死んだ」

「まさか」リッツィオが言った。

「落ち着け」チャーリーはハートを見つめていた。「重傷だとは思ったが、これほどひどいとは思わなかった。おまえは、やつのあそこをぶっ潰したにちがいない。内出血している。おそらく、血液が逆流して心臓が止まったとかそんなことだろう。本当のところはわからないが」

「なんで医者に見せなかったんだ？」リッツィオが言った。

チャーリーがリッツィオを睨んだ。「わかってるはずだ」

「お抱えの医者を持つべきだ」リッツィオは言った。

チャーリーはハートに目を向けた。「以前は専属の医者がいたんだが、二、三カ月まえに死んでしまった。ずっと探しているんだが、近ごろは医者の数が少なくてな。おれたちが必要としているような医者となるとなおさらな。これは問題だ」

リッツィオが顎を撫でた。「ポールをどうしよう？」

「それがもうひとつの問題だ」チャーリーは言った。

「暖房炉《ファーニス》の火は残っているか？」

「何を言い出すんだ、チャーリー？」

「訊いてるのはこっちだ」チャーリーが言った。「なんでまともに答えないんだ？」

「残っていると思う。二時間まえに石炭を足したからな」

「下に肉切り包丁はあるか？」チャーリーが訊いた。

「やめてくれ、チャーリー、知らないよ、知らないんだ」

チャーリーはハートに顔を向けた。「ここでは、ある秩序が保たれているんだ」そしてもう一度リッツィオに向き直った。「さあ、ポールを下へ降ろすんだ」

「待ってくれ、チャーリー、お願いだ」リッツィオは、バスローブのポケットに手を入れていた。「そのまえにタバコを吸わせてくれ」

「あとにしろ。そのほうが美味いだろうぜ」

リッツィオが訊いた。「どうするつもりだ？ ポールをばらばらにするのか？」

「いや、やつを薬に浸けて縮めるんだ。下へ運ぶのを手伝う気があるのか、それともそこに突っ立ってタバコを吸っていたいのか？」

「チャーリー、聞いてくれ――」

「だめだ、聞いている暇はない」チャーリーは窓際へ行った。唇の裏側を強く嚙んでいる。

ハートは身じろぎもせずに坐っていた。あれがやって来そうな予感がして怖かったが、どうすることもできなかった。

チャーリーがハートに目を向けた。「マットーネも役に立たない。やつは大騒ぎするしか能がないんだ。だが、おれひとりじゃ運べないしな」

「わかった」ハートはベッドから下りた。チャーリーが窓際から離れ、パジャマに目をやって苦笑いをした。

「おれのいちばんいいシルクのパジャマだ」チャーリーが言った。

それは淡いグリーンのパジャマだった。ハートは、めまいのするような思いで淡いグリーンの地に映える鮮やかな深紅を思い浮かべた。

5

二人は奥の部屋に入っていった。ポールは裸でベッドに横たわり、半開きの目は顔の一部とは思えなかった。

「脚を持て」チャーリーが言った。

彼らはポールを階下へ運んだ。ハートは震えていた。家のなかが寒いからだ、と自分に言い聞かせていた。ポールを抱えて地下室の階段を下りた。地下室に運びこみ、暖房《ファーニ》炉《ス》のそばの床に横たえた。チャーリーは、ポールのそばにいるようハートに命じ、自分は階上に上がってたっぷり五分は戻ってこなかった。ハートの耳にがちゃがちゃいう物音が聞こえた。チャーリーが何かを探しているようだ。やがて、片手に弓鋸《ゆみのこ》、もう一方の手に大きなナイフを持って下りてきた。

彼が言った。「新聞紙を取ってくれ」

地下室の入り口付近は二つに分かれていて、一方には石炭が、もう一方にはあまり重要でない古いものが置かれている。そのなかに古新聞の山があった。ハートはその半分を抱え上げて暖房炉の近くへ運んだ。

「離れてろ」チャーリーが言った。「頭を切り落とす」

ハートは身を退き、さらに離れたところへ歩いていった。シューッという音、バリバリという音、ギーギーという音が聞こえていた。のこぎりが途中で引っかかって止まり、ふたたびギーギーという音がした。チャーリーの荒い息づかいが聞こえていた。カサカサという、紙で何かを包む音が聞こえた。暖房炉の扉が開いた。包みを火に投げこむ音がした。そして、暖房炉の扉が閉まった。

「いいぞ」チャーリーが声をかけた。「手を貸してくれ」

ハートは向きを変えてもとの場所へ戻った。長いコードの先にぶら下がったたったひとつの電球、それが地下室に投げかけるまっ白な光が、暖房炉に近づくにつれて薄暗くなっていく。薄暗い光の下で、首のないポールの死体はグレー味を帯びた紫色だった。最後までやり通すことができるだろうか、ハートはそう思った。

「脚をしっかり押さえてくれ」チャーリーが言った。「しっかりとな」

ハートは両脚を押さえて目をつぶった。のこぎりとナイフの音が、気味の悪いねばねばした塊となって襲ってくる。彼は吐き気を催し、何か別のことを考えようと思った。ふと、絵画のことが頭に浮かんだ。コローの風景画を思い浮かべようとした。やがてコローから、同じ時代のクールベを連想した。クールベが写実派の代表的な画家だということを思い出し、それを頭から追い払おうとしたときはもう遅かった。ギュスターヴ・クールベの描いた、自分のはらわたを切り取ったカトーの絵や、八つ裂きにされた牡鹿が木の下に横たわり、そのそばで猟犬がほえ立てている《獲物》という絵が頭から離れない。もう一度コローの絵を思い浮かべようとし、さらには、レースのついた衣装や上品なポーズや繊細さが売り物のイギリス派の作品を思い出そうとしたが、どうしてもクールベに引き戻されてしまう。

そのうえ、チャーリーがこう言ったのだ。「もっと上のほうを押さえてくれ」

ハートは固く目を閉じて訊いた。「なあ、チャーリー、まえにもこんなことをしたことがあるのか？」

「いや」チャーリーが答えた。

目を開けると血の色が見え、ハートはまた目を閉じた。チャーリーはあれこれ指示を出し、それに従うには目を開ける必要があったが、それでも目は閉じているも同然だった。彼の視線は目の前のものを通り過ぎ、金属や肉や紙などの音も耳を素通りしていったからだ。作業のスピードが上がり、暖房炉の扉が開閉するリズムが速くなったが、それでも地下室のなかでは時間が駆け足で過ぎていった。あまりに速く過ぎていくので、終いには時間の観念がなくなり、気がつくと血の臭いも感じなくなっていた。

やがて、床には血液と新聞紙だけが残った。チャーリーは地下室の奥へ行き、家庭用クレンザーの缶を手にして戻ってきた。缶の蓋を取り、中身を血液の上に振りかけた。そして湯の入ったバケツとモップを持ってきて作業をはじめた。ハートは、使わなかった新聞紙をもとの場所に戻した。彼が戻って来ると、チャーリーが道具を洗って乾かしていた。

二人は暖房炉の前に立ち、火の燃える音に耳を傾けた。

「脱いだほうがいいな」チャーリーが言った。

なんのことだろうと思いながらチャーリーに目をやると、ハートはそれがパジャマのことだと気づいた。チャーリーのパジャマに目をやり、淡いブルーの生地のあちこちに飛び散った血を見つめた。そして自分の着ているパジャマに目を落とすと、淡いグリーンの生地にまっ赤な裂け目ができていた。

チャーリーは暖房炉の扉を開け、淡いブルーのパジャマを投げこんだ。ハートが扉の前に近づいて淡いグリーンのパジャマを投げこむと、紫と白のまばゆい炎をあげて燃える紙包みが目に入った。彼はタバコを一服吸い、急いで扉を閉めた。

「よし」チャーリーが言った。「上へ行こう」

二人は階上へ上がった。暑い暖房炉のそばを離れ、裸の二人は寒いリヴィングルームともっと寒い階段を通って急いで移動した。バスルームに入り、手には一滴の血もついていなかったが、それでもいちおう手を洗った。

やっとハートはベッドに戻った。寝心地がいいように枕を立てかけ、タバコの煙を胸いっぱいに吸いこんで歯のあいだから吐き出した。気分が悪くないのが不思議だった。強くなりはじめているのかもしれない。そんなことはどうでもいいし、まったく気にしていないのだから、ハートはそう自分に言い聞かせた。だが心の底では、自分がそれを気にしていることも、それが彼にとって重大な意味を持っていることもわかっていた。そして自分にどう言い聞かせようと、彼は自分のなかに起こるあることを心から恐れていたのだ。

ハートは仰向けになって枕に寄りかかり、頭のうしろで手を組んでいた。部屋の反対側にタバコの火が見え、それはチャーリーのものであることがわかっていた。ハートは、いまチャーリーの心を占めているもののことを考えてみた。やがて、彼は目を閉じて眠ろうとした。

一時間もそうしていた。しだいに眠くなり、やっと眠りに落ちそうになると、何かに引き戻される。なんとか眠ろうともがいているうちにうとうとするが、また同じものに引き戻される。それはほとんどが思い出で、将来の計画ではなかった。うんざりしはじめた彼は、大胆な試みに出た。心を空っぽにして大きな円をひとつ思い描き、瞼の下の暗闇でぐるぐる回るその円に乗ろうとしたのだ。やっとのことで円によじ登ったが、二、三度回ると強い力で振り落とされた。目を開けてからだを起こすと、チャーリーの規則正しい寝息とリッツィオの苦しそうな荒い息が聞こえた。リッツィオはタバコをどこに置いたのだろう、彼はそう思った。

ベッドから出て忍び足で部屋を横切り、新しいパジャマの上にチョコレートブラウンのフラノのズボンを穿いた。そして同じフラノのジャケットを着て窓に向かうと、灯りひとつない外の闇が目に入った。ソックスを履き、靴を履こうとしてやめた。彼は部屋を出てそっとドアを閉めた。暗い廊下を歩いていくと、はじめは壁を手探りしなければならないほど暗かった廊下が、階下から漏れてくる微かなぼんやりとした灯りのせいで明るくなってきた。妙だ、彼はチャーリーが二階へ上がるまえに階下の灯りをすべて消したのを思い出した。

階段を下りていった。灯りはまだぼんやりとしていて周囲の闇を照らすほどではなかったが、近づいていくと、一瞬、この灯りが彼をベッドから、そして部屋から引きずり出したという不思議な感覚に襲われた。階段を半分ほど下りたところで、首を回せばこの灯りのもとが見えることがわかったが、なぜか彼はそうしなかった。だが階段の下までくると、そうしないわけにはいかない。首を回してみると、灯りの主は青いヴェルヴェットのシェードのついた小さな電気スタンドだった。濃紺のシェードのせいで、灯りは妙にぼんやりとしている。電気スタンドは小さなテーブルの上にあり、テーブルの横には背もたれの高い椅子に腰をかけている人物がいた。電気スタンドと淡いブルーの光、白い姿、その人物が坐る椅子の茶色の背もたれ、それらすべてがひとつの顔に変わった。それは死んだ兄、ハスケルの顔だった。

表通りに面した窓のひとつを突き破って外に飛び出したら、ずたずたになるだろうか？　ハートはそう思った。

椅子から女の声がした。「だれ？」

ハートは一クォートとも思える量の空気を吸いこみ、大きく口を開けてそれを吐き出した。「アルだ」

「マーナよ」

彼女の声は囁きと呼べるものではなかった。囁きよりもっと低かった。

「どうしたんだ？」ハートは訊いた。

「ポールはあたしの兄なの」マーナは言った。

二人のあいだの空間が一瞬のうちに凍りついた。

それは一分以上もつづき、やっと彼女が口を開いた。

「どうして下りてきたの？」

「わからない。眠れなかったんだ」

彼女は言った。「ポールは二十八だった。内臓に病気を抱えてたの。かなり重症で、けんかなんてしちゃいけなかったのよ。でも、しょっちゅうけんかばかりしてたわ。人とうまくやるのが下手だったから、友だちなんてひとりもいなかった。いつもからだの具合が悪くて、いつも不機嫌だったし、とても怒りっぽかったわ。でも、そんなことはどうでもいいことだわ。肝心なのは、ポールがあたしの面倒を見てくれていたということよ」

「きみはいくつなんだ、マーナ？」

「二十六よ。ポールはいつも、あたしがもっと年下で自分がもっと年上みたいに、あたしを扱っていた。一晩中ここに坐って、ポールがしてくれたことをひとつ残らず思い出していたの。そういうことのすべてを、ポールはにこりともしないでやってたわ。あたしに何かくれるときも、何かしてくれるときも、笑顔ひとつ見せなかったし、本当はしたくないとでもいうように振る舞っていたのよ。それが見せかけだなんて、ぜんぜん気づかなかったわ。父は手に入るものならなんでも飲んでしまったの。ヘアトニックだろうと、家具のつや出し剤だろうと、なんでもね。ある晩がらだを二つに折ったと思ったら、あっという間に死んでしまったの。母は荷物をまとめて、あたしたちを残して出ていった。チャーリーが来て、あたしたちの面倒を見てくれたわ。そのうちチャーリーが五年の刑を受けることになって、あたしたちは施設に行かなくちゃならなくなった。チャーリーは出所すると施設へやって来て、誰かにお金を払ってあたしたちを引き取ったわ。白髪を別にしたら、外見からはチャーリーが五十を過ぎているなんて思えないでしょ。ひとりっきりで坐りこんで、自分がこれからどうなるか考えてみたくなったことある？」

「たまにはあるが」ハートは答えた。「よくあることじゃない」

「奥の部屋を覗いてみたけど」マーナが言った。「ポールがいなかったわ。ポールをどうしたのかしら？」

「さあ」

「朝になったらわかるわね」そう言うと、マーナは席を立ってハートに近づいた。淡いブルーの光が動いて彼女の顔を照らし出した。人並み外れて華奢な顔だった。瞳はパールがかったヴァイオレット。目が彼女のほとんどすべてだった。

マーナはハートの横を通り、階段を上がっていった。ハートは灯りを消し、手探りで階段を捜して二階へ上がり、廊下を伝い歩いてまん中の部屋に入った。そしてベッドを見つけると、二、三分後には眠りこんでいた。

ハートは九時半に目を覚ました。リッツィオが部屋のなかを動き回っていた。チャーリーは大きなベッドでまだ眠っていた。ハートは寝返りを打ってまた眠りに落ちたか、十一時半にチャーリーが、起きないのか、と声をかけた。ハートはベッドから出てその端に腰掛け、チャーリーがバスルームから出てくるのを待った。チャーリーがバスローブを脱ぐと、ハートは彼をじっくりと眺めた。

　チャーリーは五フィート九インチくらいで、いくぶん痩せ気味だった。豊かな銀髪を落ち着きのある狭い額の上でまん中分けにし、斜めうしろに流して水やオイルを使わずに梳《と》かしつけてある。明るいブルーの目が、どっしりした鼻の上にちょうどいい間隔を置いて並んでいる。唇は謎だ。引き締まっていながら、穏やかだ。顔は、夏のまっ黒な日焼けが残ってベージュ色をしていた。

「なんでおれの品定めをしているんだ?」チャーリーが訊いた。

「あんたの服が着られるだろうかと思ってね」

「おまえの服はどうしたんだ?」

「スーツはいいが、下着は毎日替えたいんだ」

「タンスのなかを探してみろ。上の三段がおれの引出しだ。着られるものならなんでも使っていい。汚れた服は、バスルームのランドリーボックスに放りこんでおけばいい。タンスのなかにプレゼントしたいものがある。おれの肌は敏感すぎるし、おれには使いこなせないんだが、おまえならたぶん気に入るだろう」

　チャーリーはいちばん上の引出しから褐色のカーフスキンのケースを取り出し、それを開けて外国製の安全カミソリを見せた。凹面に研いだ刃がついている。ハートはその道具をつまみ上げて言った。「どうもありがとう」

　彼はカーフスキンのケースを持ってバスルームに入っていった。

　四十分後、フリーダがバスルームのドアを叩いて声をかけた。「どうするつもりなの?」

　ハートは腰にタオルを巻き、バスルームにはバスタブから流れ出る熱い湯で湯気が充満している。「あと二、三分で出る」

「下りてきたら、朝食ができてるわ」

「すぐに下りる」

二十分後、彼はチョコレートブラウンのスーツを着て自分の靴を履き、階下に下りた。チャーリーの白い下着、グリーンの縫い取りのあるチャーリーの黒い靴下、チャーリーのYシャツ、糊の効いたチャーリーのカラー、グリーンの水玉模様がついたチャーリーの黒いネクタイを身につけ、チャーリーの白いハンカチを胸ポケットに入れ、これもチャーリーの翡翠を嵌めこんだ銀のカフリンクをつけていた。

リッツィオが、スポーツ欄から目を上げてハートに目をやった。バスローブを着てスリッパを突っかけたリッツィオは、リヴィングルームの別々の場所で新聞の別のページを読んでいるチャーリーとマットーネに目を向けながら、掌を広げてハートのほうへ差し出した。「これを見ろよ」

マットーネはエド・サリヴァンのコラムから顔を上げ、ちらりとハートに目をやったがすぐにコラムに戻った。

チャーリーは新聞の四面から目を上げ、ハートをじっくり眺めてからゆっくりと頷いた。「だいたいぴったりだな」彼は言った。「そのカフリンクはどこで見つけた？」

「二番目の引出しだ。奥のほうの、ハンカチの下だ」

チャーリーはにっこりした。「おれは一年以上も捜していたんだが。それはチェストナット・ヒルの豪邸で盗んだものだ。フリーダが朝食の用意をしてくれたぞ」

マットーネがまた顔を上げ、チャーリーを見つめた。

チャーリーはキッチンへ入っていった。フリーダは、オーキッド色をしたサテンのキルティングのローブを着ていた。マーナは、ブルーと黄色のチェックの木綿の普段着を着てシンクの前にいた。

フリーダはオレンジジュースの入った背の高いグラスをテーブルに置き、ハートに微笑みかけた。「ねえ、ハニー、バスルームに関するきまりが必要ね」

「長居しすぎたかな？」ハートはそう言ってグラスを持ち上げた。

「どれくらいを長いと言うかによるわね。いったい何をしていたの?」

「夢を見ていた」ハートは言った。「だが、その話はやめよう。ほしいのはトーストとコーヒーだけだ。ブラックで。すぐに戻る」彼は出ていったが、すぐに火のついたタバコをくわえて戻ってきた。

フリーダが言った。「ご馳走を用意していたのに、ほしいのはトーストとコーヒーだけですって」

「それ以上は食べないことにしている。おれのいつもの朝食は、タバコを六、七本とブラック・コーヒーを三、四杯、それだけだ。だが、もし用意してしまったなら、食べるよ」

彼はオレンジジュースを飲み終えた。フリーダは温かい料理の皿をテーブルに並べていた。ハートは彼女に微笑みかけた。彼女はコンロのところへ行き、テーブルに戻って右手でコーヒーを注ぎながら、左手を伸ばしてハートの口に厚い掌を当てると太い指で優しく彼の顔をつかんだ。

マーナは壁の戸棚に皿をしまっていた。

ハートは顔を伏せて食べはじめた。フリーダが彼の前に灰皿を置いた。彼は灰皿の縁にタバコを置き、立ち上る煙を前にしてゆっくりと食事をした。フリーダとマーナはキッチンを動き回っていた。外では雪が降りはじめていた。はじめのうちは雪片がちらちらと舞い落ちる程度だったが、しだいに規則的になって荒涼とした灰色の空からひっきりなしに降ってくるようになり、やがて無尽蔵の予備軍を従えた白い軍隊が隊列を組んで一斉に行進してくるような降り方になった。ハートはフリーダにコーヒーのお代りを頼み、坐ったままコーヒーをすすりながら雪を眺めていた。ふと、フリーダがいないのに気づいた。彼は首を回してマーナに目をやった。彼女は膝をつき、戸棚の下の段に入っているものを取り出そうとしていた。

ハートが声をかけた。「おはよう、マーナ」

彼女は振り向き、立ち上がって二歩後退りした。その視線が、彼の頭のうしろの壁に向けられている。「言っておくけど、あなたとは話したくないの」

ハートはもうひとくちコーヒーを飲み、立ち上がってキッチンから出た。リヴィングルームへ行ってリッツィオに二本目のタバコをねだった。

「ラジオでも聴こう」マットーネが言った。

ハートがラジオのところへ行って周波数を合わせた。女のすすり泣きと、初老の男の優しい声が聞こえた。「さあ、さあ、エミリー――」

ハートは別の局に合わせてみた。歯切れのいい男の声がした。「それにご婦人方、まだお試しになっていないのでしたら、たいへんな損をなさっていることにお気づきでないのです。実際、ご婦人方――」

ハートはラジオを消した。

リッツィオが、読んでいる新聞からページを破り取ってハートに渡した。それは、スクラントン出身の若い黒人のウェルター級ボクサーと、彼が来週対戦することになっているピッツバーグ出身の若者の急成長ぶりが書かれ、この日のカードにはデトロイト出身の有望なライト級ボクサーの名前もあるという記事だった。ハートはこれに集中しようとしたが、リヴィングルームの静寂、いや、静寂よりもっと重苦しい本質的なものがひしひしと伝わってきた。彼は、チャーリーとマットーネとリッツィオが見えるように新聞を下げはじめた。途中まで下げたところで、三人がハートを見つめているのが目に入った。

ハートは、テンプル大と州立大のバスケットボールの試合の経過と、その試合が何度も延長戦に入ったという記事を読みはじめた。彼はバスケットボールが好きで、ペンシルヴェニア大学では学内のチームでプレーしていたこともある。ほかのことに心を奪われているにしても、この記事には興味を持つはずだった。が、少しも興味が湧かなかった。

彼はまた新聞を下げ、前が見えるように横にずらした。目をやると、三人はまだ彼を見つめていた。彼は三人を見つめ返した。ひとりずつ順番に見つめ、そして最後にチャーリーに目を据えた。

ハートはきっかけを待っていた。あるいはその徴候でもいい。だが、チャーリーは動こうとしなかった。ハートは自分が腹を立てはじめていることに気づいていた。だが、彼は身じろぎもせずに考えていた。ここで腹を立てるか、この非情なまでの冷静さの前であくまでも冷静を保とうとするか、いったいどちらを選ぶのが得策なのだろう。

ついにチャーリーが口火を切った。「さっき、もう一度三人で話し合っていたんだが。ひょっとして、おまえの気が変わるかもしれないと思ってな」

「いいか」ハートはこう言って立ち上がった。「おれの気が変わることがあっても、おまえたちにそのことを知らせるつもりはない。立ち上がって出ていくだけだ。たとえそうなっても、心配はいらない。警察にたれ込んだって、おれにはなんの得もないからな。だが、それはたいした問題じゃない。問題はそっちの考え方で、おれを置くか追い出すかはおまえたちしだいだ。置く気があるなら、全面的に受け入れてくれ。追い出すなら、いまここでそう言ってくれ。そうしたら、この界隈から離れることにする」

「そうかっかするなよ」チャーリーが言った。

「かっかしてるわけじゃない。知りたくてたまらないだけだ」

「それはよくわかる。おたがいさまだからな。おれたちはおまえのことが知りたいし、おまえはおれたちのことが知りたいんだ」

「レナーはどうだったんだ?」ハートは訊いた。

マットーネがチャーリーに顔を向けた。「これで、どうなってるのかわかっただろ?」

チャーリーはマットーネのことばに耳を貸さず、ハートを見つめて言った。「レナーは欲を出したから始末したんだ。前回の仕事の彼の分け前は千二百ドルだった。残りの金の置き場所を知っていた彼は、内緒で一万一千ドル持ち出した。そして三十分待ってから、ジャーマンタウン・アヴェニューに買いたいものがあると言ってきた。彼が金を持っていることはすでにわかっていたから、ポールを連れていってやつを始末したんだ」

「つじつまは合うな」ハートが言った。

「そうだとも」チャーリーは言い、にんまりした。「どうだ、この話は切り上げて、ポーカーでもしないか？」

彼らはカードテーブルを用意し、その周りに椅子を持ってきて坐った。リッツィオが、一組のカードをテーブルの上で扇形に広げた。そのカードをかき集め、リッフルし、ふたたび扇形に広げ、軽く撫で、小さく放るように裏返し、ぴしゃりと音を立ててテーブルに置くと、カットを促した。

チャーリーが腰を下ろしてカットした。

「オープン」マットーネが言った。「二十五セント、五十セント、それに、七十五セント」

フリーダがキッチンから出てきてテーブルについた。

リッツィオはデックを手に取り、四度リッフルしてからもう一度カットを求めた。

チャーリーがまたカットした。

ハートは笑顔で言った。「おれは見物するとしよう」

「いや」チャーリーが言った。「ゆうべは地下室で一仕事してくれた。その分を払おう。いくら払えばいい？」

「三十ドルってとこかな」

チャーリーは数枚の札を取り出し、そこから十ドル札を三枚選び出した。

「オープン」マットーネが言った。「二十五セント、五十セント、それに――」

「いやよ」フリーダが言った。「どうして誰かが痛い目に遭わなきゃならないの？　クローズド・ポーカーにしましょうよ。オープンはJのペア以上よ。アンティは五セント、オープンは十セント」

フリーダはハートの正面に坐っていた。彼女はハートに笑いかけ、彼はフリーダに笑みを返した。チャーリーがリッツィオにタバコを頼むと、リッツィオはテーブルを離れて階段を駆け上がり、三パックのタバコを持って戻ってきた。テーブルにタバコを投げ出し、せっせとカードをかき集めた。カードをリッフルし、一列に広げ、ほかのメンバーが金をテーブルに出すのを眺めながらまたリッフルし、半円形に広げ、完全な円形に広げ、素早く三度カットし、ハートの前に突き出して一枚取るように言った。

ハートは一枚のカードを取り、デックをシャッフルし、カットした。彼がもう一度カットしているときに、リッツィオがにやりとして言った。「よし、おまえのカードはクィーンだろ?」

「そこまでは合ってる」

「黒のクィーンだ」

「そうだ」

「クラブのクィーンだな」リッツィオは、タバコの火をつけながら言った。

「そのとおりだ」ハートはそう言い、忙しくタバコの火をつけたりテーブルに札や硬貨を並べたりしているほかのメンバーを注意深く見守っていた。

リッツィオはカードをリッフルしてハートに差し出し、ハートはそれをカットした。

一時間後、ハートは十ドル勝っていた。三時間後、ハートは一ドル六十五セントまで勝ちを減らしていた。

翌朝五時十五分にゲームが終わったとき、ハートは三百二十ドル勝っていた。フリーダは五十ドルほどの勝ち、チャーリーはプラス・マイナス・ゼロ、マットーネとリッツィオは文句を言い合っていた。二人とも、賭け金をつり上げたことを相手のせいにしていたのだ。

6

翌朝遅くまで寝ていた彼らは午後三時からまたポーカーのゲームをはじめ、それが終わったのは午前四時だった。今回、ハートは昨夜の勝ちから六十ドルを失い、フリーダは大敗を喫し、チャーリーはまたしてもプラス・マイナス・ゼロだった。翌日、ハートは午後二時にベッドから這い出した。彼が二階から下りてくると、チャーリーとマットーネとリッツィオの姿がなかった。マーナの姿も見えなかった。キッチンに入ると、フリーダがケーキの種《たね》を混ぜていた。彼女はハートに背を向けたまま顔も上げず、食事の用意をするから坐るようにと言った。

ハートは白いテーブルの前に坐り、タバコに火をつけて言った。「何も作らなくていい。ブラック・コーヒーだけくれ」

フリーダはコンロのところへ行き、パーコレーターを火にかけた。テーブルの上に朝刊があったので、ハートはそれを取り上げて一面に目を通した。旅客機が地中海に墜落し、生存者はない。フィラデルフィアのダウンタウンでは、株式仲買人がホテルの九階の窓から飛び下り自殺した。市庁舎では、地区検事長が最近の青少年非行の増加をテレビや映画のせいにしている。地元の劇場経営者は、最近の青少年非行の増加を地区検事長の怠慢のせいにしている。ハートはページを繰ってスポーツ欄を開いた。トレーニングキャンプ中のキッド・ギャヴィランの写真に目を留めた。写真といっしょに、キッドのマネージャーに対するインタヴュー記事が載っていた。

フリーダがコーヒーを注ぎ、ハートの前にカップを置いた。そして二、三歩下がり、彼をじろじろと眺め回した。ハートは坐ったまま、彼女の視線にプレッシャーを感じていた。その熱のこもった威圧感に、彼はフリーダの意図はなんだろうと考えはじめた。無視しろ、彼は自分に言い聞かせた。彼女の持っているものに用はない。太った女は好きじゃない。それに彼女とかかわることは、ただでさえ複雑な状況をさらに複雑にするだけだ。

「今日はとても素敵よ」

「どうも」

チョコレートブラウンのフラノスーツはまだしっかりしていたし、その下にはチャーリーの高価なYシャツを着て、黄色い斜めのストライプが入ったオリーヴグリーンのネクタイを締めている。顔はきれいに髭を剃り、梳かしただけの髪は金色だった。きちんと撫でつけたその髪にフリーダが肉付きのいい手を置き、そっと彼の頭を撫ではじめた。

「くしゃくしゃにしちゃいそうよ」フリーダが言った。

「やめてくれよ」

「どうして？」

「きみがその気になるかもしれない」

「どうしていけないの？」

「厄介なことになる」

「そう？」フリーダは小声で言った。「その手の厄介事ならお手のものよ」

ハートは彼女を見つめた。「本当に？」

彼女は真顔で頷いた。

「どうだろう」彼はつぶやいた。

「気にすることないわ」フリーダは言った。「あたしに任せといて。その気になったら教えるわ」

彼は微かな笑みを浮かべ、指を鳴らした。「こんなふうにか？」

「そうよ」彼女も指を鳴らした。「こんなふうにね」

話題を変えるんだ、自分にそう言い聞かせた。コーヒーに意識を集中し、彼は言った。「ほかのやつらはどこへ行った？」

「チャーリーは、マットーネとリッツィオを連れて出かけたわ。ウィンコートの屋敷の下見に行ったのよ」

「マーナは？」

「買い物に行ったわ」

しばらく待ってから、ハートはゆっくりと口を開いた。

「きみが彼女を外に出したのか？」

「そうよ」フリーダが一語ずつ区切りながら言った。「あたしが、外に、行かせたの」

彼はまだ話題を変えようとしていた。「なんでチャーリーは出かけたんだ？　もう二、三日は出かけないと思ったが。まだ警察がこの辺をうろついてるだろ」

「少し落ち着いてきたわ」フリーダは新聞を手に取り、ページを繰って四面を開いた。そして、ページの下のほうにある見出しを指さした。

ハートは記事に目を通した。それはレナーの記事だった。ジャーマンタウンで見つかった男の射殺死体は、仮釈放中の逃亡を理由に指名手配され、最近起きたいくつかの窃盗事件の容疑者となっている元服役囚のフレデリック・レナーのものであると判明した、と書かれている。警察は、彼は個人的な敵か商売敵によって射殺されたものだろう、と発表した。記事の論調は、レナーの死が社会になんの損失ももたらさないだろうということ、警察が犯人の捜索に全力を尽くすことはないだろうとほのめかしていた。

「警報解除ということらしいな」ハートは言った。「だが、警察はずるがしこいものだ。何をするかわからないぞ」

「チャーリーにはわかってるのよ」フリーダが言った。

「チャーリーを騙すことなんて、ぜったいにできないわ」

「ぜったいに？」彼は声をひそめて訊いた。

「そうよ。ぜったいに。ほかの人だって同じことよ。チャーリーを騙すことのできる人なんていないのよ。少なくとも、騙し通すことはね」

ハートはこれを聞き流すことにした。しかしすぐに、彼女を突ついてみよう、と思い直した。彼女は何かを言いたがっている。話す気があるなら、いますぐ話すかもしれない。

彼は訊いた。「きみならチャーリーを騙せるのか？」

「やってみようとも思わないわ」彼女はすでにシンクのそ

ばの調理台に戻り、またケーキ作りに励んでいた。

しばらく待ってからハートは言った。「おれはどうだ？やつを騙すことができると思うか？」

彼は、そう言いながらコーヒーカップを持ち上げて口に運んだ。コーヒーをすする彼の耳には、ケーキ種のボウルをかき混ぜる木べらの音だけが聞こえていた。音はつづいた。またコーヒーをすすった。やがてカップが空になると、ハートは背もたれに寄りかかってタバコに火をつけた。木べらの音はまだつづいていた。彼女には答える気がないのだ、そう思った。

彼女の声が聞こえた。「あなたはどう思うの？」

「おれが訊いてるんだ」

彼女はゆっくりと振り返った。「いいこと、もしあなたが、フーディーニとサーストンとチェスの世界チャンピオンとトランプの名人と詐欺師を混ぜ合わせてできていたとしても、チャーリーを騙すことのできる確率は百万分の一ね」

「確率を持ち出すのか？」

「そうよ」フリーダは頷いた。「もし百万ドルあったら、あなたの一ドル札に対して、チャーリーに全額賭けるわ」

「心配はしないのか？」

「考えるまでもないわ」

ハートはタバコを深く吸いこみ、ゆっくりと吐き出した。

「なるほど、そいつはおもしろい」

「そうね」フリーダはケーキ種のほうに向き直った。「それを考えるのはあなたの仕事よ。でも、それに振り回されないことね」

そうならないように気をつけるさ、心のなかで言った。しかし、彼の眉がわずかに曇り、それがしだいに広がった。彼はひとくち強くタバコを吸い、深々と吸いこんだ。そして、自分に言い聞かせた。チャーリーのことは忘れて、キッド・ギャヴィランかイギリスの旅客機のことでも考えるんだ。あるいは、せめて心配とは無縁のことを。だが、あのことは、あのことだけは心配しなくてはならない。生きとし生けるものが常に立ち向かわなくてはならない問題、生きつづけるという問題だ。おまえだけじゃない、たとえば少し前に写真誌で見たドイツ人のアクロバットチームのように、ここでの一インチ、そこでの一インチ、ひとつのまちがった動きが問題になる場合がある。アルプスの二つの峰のあいだにぴんと張ったロープ、その下には六千フィートもの空間が広がっている、彼らはそのロープの上を歩くのだ。いや、それは六百フィートでもいい。あるいは六十フィートでも。六十フィートの高さでも、落ちたら棺桶に入ることになるのは同じだ。そして棺桶の蓋が閉じられたときには、どんな死に方をしたかなどどうでもよくなるのだ。ロープから落ちようと、階段を転げ落ちようと、肺炎だろうと腸チフスだろうと、ガスを止めずに眠りこんでしまったのだろうと。死んでしまえば、このチャーリーの仕事からも逃げることができる。そう思うか？　本当にそうなってほしいんだな。だが、ひとこと言っておこう。九十歳まで生きるか三十五歳で死ぬかということがまったく気にならなければ、そんなに楽なことはない。ところが、実際には気にせずにいられない。ならばこの椅子から立ち上がってドアを抜け、そのまま歩きつづけるほかないのかもしれない。そうだ、それが賢明な行動だ。実に素晴らしい。ぐらぐらと煮え立つ大鍋の油に飛びこむようなものだ。そして、おまえを発見して逮捕した新米警官たちは昇進することになる。じっとしていろ、じたばたするな、これが今日のスローガンだ。いまおまえが坐っているのは電気の通っていない椅子だが、出ていったが最後、向かう先は高電圧の通った椅子だ。コーヒーのお代りをし、もう一本タバコを吸い、フリーダとのおしゃべりをもうしばらく楽しんだほうがいい。彼女のあの尻はたいしたものだ。キャディラック並の尻だ。もし彼女が五十ポンドほど軽かったら、ほんの暇つぶしに遊んでもいいかもしれない。だがあの体重だ、おまえの趣味じゃない。

「コーヒーのお代りは？」フリーダが訊いた。

ハートは頷き、彼女がお代りを注いだ。焼き型に流しこんだケーキ種をオーヴンに入れたので、彼女はもうしばらく坐って休むことができる。彼女はハートの正面に腰を下ろし、勝手に彼のタバコを一本抜いて彼のブックマッチで火をつけた。ハートはコーヒーをすすろうとして顔を伏せたが、口をつける寸前に彼女の顔に視線を走らせ、そのなかにあるものを探ろうと彼女の目を盗み見ると、すぐに彼女が思い悩んでいることに気づいた。

何か話したいことがありそうだ。それが彼に話してはいけないことなので、話したくてウズウズしている彼女は悩んでいるのだ。それが何かはわからないが、彼が聞き出さなければ自分から話すことはないだろう。聞き出すには、のんびり気楽に、そして慎重にやるしかない。

口を開くまえに、コーヒーが半分なくなった。彼はカップをソーサーに置いて言った。「きみがチャーリーについて話したことを考えていたんだ」

「そう」いくぶん元気がなく、後悔しているようだった。「話すべきじゃなかったわ」

「話してくれてうれしいよ」

「どうして？」彼女はわずかに身を乗りだした。「どうしてうれしいの？」

ハートは肩をすくめた。「それで真実がわかるからさ。真実を知るってことは、いつだって役に立つものだ」

「すっかりわかったと思う？」

彼は答えなかった。表情にも出さなかった。うまくやるにはこれしかない、そう自分に言い聞かせていた。

フリーダは口を開き、閉じ、また開き、まるで溢れそうなことばを押しとどめるかのように唇を噛んだ。「聞いてほしいことがあるの――」

だが彼女はまた口を固く閉ざし、赤く光る信号を見つめているかのように彼のうしろに視線を向けていた。

彼は穏やかに、ぞんざいにならない程度にさりげなく話しはじめた。

「どんな話だ？　恋人になってほしいのか？　それで悩んでるのか？」

彼女の口調は素っ気なかった。「あいにく恋人ならいるわ」

「マットーネか？」

「いいえ、とんでもないわ。どうしてマットーネだと思ったの？」

「すごくハンサムだからさ」

「どうかしら。それほど近くで見たこともないのよ。彼にしてやりたいのは、つばを吐きかけることだけ」

「リッツィオはどうだ？」

彼女は笑い飛ばした。「リッツィオなんて、本に載せたいような変人よ。ほら、外国から買ってくるような、この国では非合法な本のことよ」

「ああ、よく言う、人の趣味はそれぞれ、ってやつか」

「ええ、それ、いいことばね」彼女は苦虫を噛み潰したような顔で言った。「ただひとつ問題なのは、手に入れるより憧れているほうがいいって人がいることね。あたしの恋人は——」

フリーダはまた唇を噛んでいた。

「チャーリーか？」

彼女は頷いた。

「本当は好きじゃない、とか？」

「いいえ、好きよ」彼女はきっぱりと、怒ったように言った。「本当に好きよ。それに、彼もあたしが好きよ。あたしのためならなんだってしてくれる。可能なかぎり、ってことよ。でも、彼の道具に何か問題があって、彼、できないのよ」

「全然？」

盲目や肢体不自由の家族を背負いこんだ者のようなあきらめの口調で、彼女は淡々と話しはじめた。「彼は時々、自分でも何をしているのかわからなくなるほど飲むことがあるの。そうやって、なんとか……」

「それはたいへんだな」

「ほんと、信じられないわ。三ヵ月に一度くらいそんなことがあるの」

ハートは微かに顔を曇らせた。「おい、冗談じゃないぜ」

「それがちがうのよ」彼女は言った。「冗談そのものなの。笑える話よ。チャーリーもあたしも、いつもそのことで笑ってた。笑わなかったら、きっと――」彼女はことばを詰まらせた。「――あたし、気が狂ってたにちがいないわ」

「やつは嫌がるかな、もしきみがほかの男と――」

「いいえ、気にしないでしょうね。何度も言われたことがあるの、したかったらよそへ行ってやれ、って。まるで結腸洗浄かなんかみたい。彼は本気なの。あたしをからかっているのでも、あたしの気持ちを試しているのでもない。あたしがそうすることを本気で望んでいるのよ。あまり長いことしないと、からだに悪いって」

ハートは真顔で頷いた。「やつの言うとおりかもしれないな」

フリーダは無言だった。じっとテーブルを見つめていた。

「だったら」ハートは言った。「問題はないじゃないか。街には、やりたくてたまらない男が溢れているんだ。その顔があって、そのからだがあれば――」

「ええ、わかってるわ。以前はよく街を歩き回ったものよ。色目を使ってくる男もいたし、ことばを交わすようになったこともある。そのうちの何人かとは、いっしょに飲みに行ったりもしたわ。だけど、そこまでなの。いつも、チャーリーのことを考えはじめてしまうのよ」

「罪悪感を感じるのか？」

彼女は首を横に振った。「そういうことじゃないわ。そういう折り紙つきのくだらないやつら、空っぽのやつらを、チャーリーと比べてしまうだけよ。そういう男たちのなかに、あたしをその気にさせる男がひとりもいなかったってことよ。ハンサムで、いい服を着て、誘い方もうまいけど、中身は空っぽ、あたしに火をつけることなんてできなかったわ」

「それはそいつらのせいじゃない。チャーリーのせいだ。きみがチャーリーにのめり込んでいるからさ。彼のせいで金縛りにあっているんだ」

フリーダは宙を見つめたまま微笑んだ。「そう思う？」

彼は肩をすくめた。「もちろんだ」そして、慎重に間を計って言った。「そう思わないか？」

笑みが消えていった。彼女はまだ宙を見つめていた。

「さあどうかしら。考えてはいるんだけど。わかってちょうだい。どこか曖昧で、ことばにできないの。頭のなかにあるのは、チャーリーの顔、彼の声の響き、彼のしぐさでね。そういったもので身動きがとれないの。あいつのことが頭から離れない――」

ハートは思った、黙っていろ、口を開くんじゃない。

フリーダは頭を垂れ、手で顔の両側を押さえつけた。彼女の息が荒くなってきた。頭をもたげかけたが、途中で下げた。そして不意に、まるで首のうしろに氷の塊を押しつけられたかのように身を震わせた。テーブルの上に両手を激しく叩きつけ、ふたたび顔を上げてじっとハートを見つめた。

「あなた」彼女が言った。「あなたのせいよ」

彼は無言で坐っていた。

「あなたは、ほかの誰にもできなかったことをしたのよ」彼女は言った。「ここしばらく、チャーリーのことを考えなくなったわ」

彼は唇をほとんど動かさずに言った。「おれが？　本当か？」

フリーダの顔は燃え上がっているようだった。彼女が立ち上がった。「証拠を見せてあげるわ」

彼女が近づいてきた。彼の手首に触れ、彼の手の甲に指を滑らせ、そしてその指を彼の指に絡めた。

彼女の声が聞こえた。「さあ、二階へ行きましょう」

7

キッチンのテーブルに向かったまま、ハートは彼女がそう繰り返すのを聞いた。彼は思った、じっとそのまま身動きしないことだ。腕を引っ張られたが、曖昧な笑みを浮かべたまま腕をだらりとさせていた。さらに強く引っ張られると、その瞬間に腕に力を入れて抵抗を示した。

フリーダは手を離し、二、三歩退いて言った。「どうしたの？」

「べつに」

「こっちを見てよ」

ハートは彼女に目を向けた。フリーダは出っ張った尻に手を当て、その大きな胸が波打っていた。彼女が早口で言った。「あたしの言ったことが聞こえなかったの？　その気になった、って言ったのよ」

「聞こえたさ」彼はつぶやくように言った。

「ねえ、ねえ、来てよ」

ハートは動かなかった。目は彼女に向けたまま、顔にはなんの表情も浮かんでいなかった。

フリーダが横目でちらりと彼を見た。彼女の表情が翳り、さらに暗くなった。「文書にしてほしいとでもいうの？その気になったって言ってるのよ」

「だが、おれにはその気がないんだ」

彼女はもう一歩うしろへ下がり、何度か瞬いた。そして、唇をほとんど動かさずに言った。「どういうことなの？」

「わかってくれ」

「何を？」彼女の声は金切り声に近くなっていた。「何をわかれっていうの？」

彼は答えなかった。

フリーダは落ち着こうとしていた。やっとのことで息を整え、静かに言った。「なんなの？　言ってちょうだい。

はっきりさせましょうよ」

「できたらいいんだが」彼は言った。優しく、誠実そうな声で言った。「心底そう思ってる」

彼女はテーブルに近づき、ハートのそばに椅子を引きよせて腰を下ろした。そして、身を乗りだして彼の手を取った。「教えてちょうだい。何が心配なの？」

「鬱《ブルーズ》だ」彼は悲しげな笑みを浮かべてみせた。「気が滅入るんだ」

フリーダはまた顔を曇らせた。「どういうこと？　どういう鬱なの？」

「時間が作用する。カレンダー・ブルーズとでも言おうか」

彼女は説明を待った。

「こういうことだ。きみはおれに喜ばせてほしいと思う。二階へ上がって楽しみたいと思う。それはかまわない。それについてはなんの問題もない。ただ、おれはその気になっていないんだ。カレンダーのことと、おれがあと何日生きられるだろうかということしか頭になくて」

フリーダは少したじろいだ。彼を横目で見て言った。

「楽しい考えだこと」

「止められないんだ。どうしようもない」

「でも、どうして？　なんで、そんなふうに――？」

「この状況のせいだ。おれは、お試し期間中の商品のようにこの家にいる。必要だと思われればここにいられるが、さもなければ――」彼は肩をすくめた。

フリーダの目がわずかに翳った。「合格しないと思って心配してるの？」

ハートは答えなかった。そろそろ彼女にしゃべらせるときだ。

「保証はできないけど、ただひとつ言えるのは、あなたは当分のあいだここにいるだろうということよ。あなたがはじめてここへ来たとき、まるで見込みがないと思ってたの。ところがチャーリーのなかで、あなたの株はどんどん上がっているわ。たとえば、あのオーヴァーコートの一件。あなたがコートを盗んだと言うのを、マットーネが嘘だと言ったでしょ。それでチャーリーは店に電話をかけて、コートが盗品だということを確かめたのよ。やったわね。まずはファーストへ出塁したわ」

ハートはまた肩をすくめた。「ホーム・プレートまでは長い道のりだな」

「もうすぐたどり着けるわ」

彼は待った。そろそろ肝心な話が出るだろうか？

彼女が話をはじめた。「確実にあなたの株を上げたのはあの財布の件よ。あなたが戻ってきてお金を返したときのこと。あれはチャーリーから大きなヒットを奪ったわ。ほかにもある。ポールの一件。チャーリーが彼を暖房炉に入れるのを手伝ったときのこと。リッツィオにもマットーネにもできなかったことをやってのけたわ。あれでサードまで行ったと思う」

やっと核心にたどり着きそうだ。期待するあまり身を乗り出したりしないように気をつけなければ。

「結局」彼女が言った。「あなたは自分が条件に合うことを、少しずつ証明してきたのよ。本当はプロフェッショナルだってことを納得させたの」

ついに来た。彼女はハートが待ち望んでいた情報を与えてくれた。チャーリーが彼を試して本物のアウトローだと認めさえすれば、彼は無事でいられるだろうと言ったのだ。

「わかった？　それは重要なことよ、プロの見方ができるかどうか、ってこと。だって、あたしたちはまさにプロフェッショナルだし、ここにはアマチュアのいる場所はないの」

彼女の口振りには、微かに挑戦的な響きがあった。彼は、フリーダの目が鋭くなったのを見逃さなかった。この女の頭を見くびるなよ、彼女の頭が空っぽの道具箱だと思ったら大まちがいだ。

フリーダが話をつづけていた。「あなた、ニューオーリンズで起こした殺人事件で指名手配されてるって、チャーリーに言ったでしょ。何をしたかとか、なぜしたのかとか、そのときの状況を話したでしょ。たぶんそのころには、チャーリーもあなたの話を信じるようになっていたと思うわ。ただし、もちろん――」

ハートは、彼女がことばをつづけるのを待った。まだ鋭い目をしている。

「ただし、なんだ？」彼はぞんざいに訊いた。

「あなたの話がはったりでなければね」

ハートは顔をしかめた。

「仮にあなたがはったりをかけたとしても、チャーリーならすぐに見破るわ。言ったでしょ、チャーリーを騙すことなんてできないのよ」

彼の顔から翳りが消え、無表情で言った。「おれはチャーリーに事実をいくつか話しただけだ。ありのままの事実だ。それはニューオーリンズで起こり、死んだのはおれの兄、やったのはこのおれで、それは殺人だった」

「あなた、お金のためにやったって言ったわね」彼女は言った。「それでこそプロフェッショナルなのよ。ほかの理由だったら、プロとは言えないわ。ほとんどの殺人は憎しみが引き起こすものよ。さもなければ、愛のためね。それでもなかったら、一時的に頭がおかしくなってやってしまったけど、あとから後悔してるような場合とか。でもお金のためにやったとなると、それは純粋に仕事だわ。とすれば、あなたは特殊なグループに属するわけで、まさにプロフェッショナルということよ」

ハートは思った。彼女はおれの心をつかんだ。実にうまい罠をかけたものだ。おれがその罠にかかったのも無理はない。

「つまり」彼女は言った。「あなたが殺人を犯したという事実、それはチャーリーにとってどうでもいいことなの。誰を殺したかということも、その方法もね。チャーリーが知りたいのは、なんのために殺したかってことよ。で、あなたはお金のために殺したと言った。チャーリーがそれを信じれば、あなたはセーフ。メンバーシップ・カードをもらって正式に仲間になれるのよ。でも逆に、お金のために

やったのではないということがチャーリーにわかったら──

──」

「きみは、おれがはったりをかけたと思ってるのか？」

「あたしは何も考えてないわ。あたしに言えるのは、あなたの話が事実なら何も心配することはないということだけよ。心配することがないなら、憂鬱《ブルーズ》になる理由もないわ」

「きみの言うとおりだ」彼はにんまりした。「消えちまったよ。もう憂鬱になることはない」

フリーダは笑みを返した。「本当？」

彼はゆっくり頷いた。

彼女が椅子から立ち上がった。「ねえ、あたしはまだ同じ気持ちよ。したいわ」

ハートも立ち上がった。「おれもだ」

彼女がハートに近づき、その腰に腕を回した。ハートは彼女の堅太りの尻に手を置いた。したくないセックスをするという意識しかなかった。だがすべきことは、彼女と寝てそれを気に入ること、あるいは少なくとも、気に入ったと彼女に信じこませることだ。彼は考えていた。フリーダはセックスに飢えた女だ、最上級のおつとめをしなければ満足しないだろう。彼女を失望させたら、それこそ本当にブルーズを歌うことになる。彼女はニューオーリンズの事件の話に穴を見つけたのだ。チャーリーの耳にひとこと吹き込みさえすれば、あとはチャーリーがそれを調べてたったひとつの小さな嘘を発見することだろう。おまえは金のために兄を殺したと言い、それが事実でないことは誰も知らない。おまえがプロではないということがチャーリーにわかったら、すべては終わりだ。彼は穏やかな笑みを浮かべて優しく別れを告げ、素早く慈悲深い弾丸をおまえに撃ちこむのだ。よし、わかった、そんな終わりを迎えないようになんとかしよう。なんとかしてフリーダを満足させておくのだ。なかなか二階にたどり着かない。おまえのせいだ、そんなにのろのろ歩いているからだ。もう少し速く歩いてさっさと階段を上がってしまおう。それに、彼女に微笑みかけよう。いかにも燃え上がっているように微笑むのだ。さあ、うまくやれ。映画のように、ただの演技を本物に見せかけるんだ。アカデミー賞でも狙っているかのように。とはいえ、アカデミー賞なら取れなくてもまた次の年に挑戦できる。運のいいやつらだ。だが、おまえにとってはこれがたった一度の挑戦だ。失敗すれば残された道はない。何もかも終わりだ。さあ、二階の廊下に着いた、ベッドルームがある。ちょっと立ち止まって彼女を強く抱きしめ、この先に待っているものを彼女が思い描けるように、前戯の燃えるようなディープ・キスをしてやるんだ。そうだ、いまのは悪くない。彼女も気に入ったようだ。

　部屋に入るまえから、フリーダは着ているものを脱ぎはじめていた。

8

二、三時間ののち、ハートはリヴィングルームのカウチに坐ってマンガ雑誌を読んでいた。ほかに読むものがなかったのだ。すぐに、チャーリーがマットーネとリッツィオを連れて帰ってきた。

　彼らのオーヴァーコートには、点々と雪がついていた。三人はいくらか疲れた様子で、のろのろとコートを脱いだ。きっと忙しい午後を過ごしたのだろう。「夕食まで一眠りするとしよう」リッツィオは、そう言って二階へ上がった。しばらくすると、マットーネが言った。「おれも一眠りしよう」そして、カウチのほうへ歩いてきた。ハートは立ち上がり、部屋の反対側にある椅子に腰を下ろした。チャーリーは部屋の中央に立ち、スーツの内ポケットから折り畳んだ紙切れを取り出した。紙切れを広げ、立ったまま鉛筆書きのメモと簡略な図に見入っている。ハートの坐っているところから略図が見えた。そこには一軒の大邸宅と、テニス・コートと馬小屋と大きなガレージのある周囲の敷地が描かれていた。

しばらくすると、チャーリーが無言でハートに近寄り、紙切れを渡した。ハートは椅子の背にもたれ、静かにタバコを吸いながら紙切れに目を通した。だが、何がなんだかよくわからなかった。わかるのは、彼の顔を見つめるチャーリーの目が発する、穏やかだが確固とした威圧感だけだった。チャーリーが彼の反応を待っていることはわかっていたが、彼は自分にこう言い聞かせた。最善の反応は何も反応しないことだ。

かれこれ一分近く、ハートは略図とメモを見つめていた。やがて、落ち着いた、専門家らしい態度に見えるように気をつけてチャーリーの顔を見上げた。「これはうまみがありそうだな」

チャーリーは頷いた。「ケニストン家の屋敷だ。ケニストン家のことを聞いたことがあるか？」

ハートは知らない、という身振りをした。

「上流社会のやつらで」チャーリーが言った。「すごい大金持ちだ。三千万ドル、いや、四千万ドルくらいと言っておこう。その金を美術品につぎ込んでいる。主に東洋のもので、翡翠や紅石英や象牙なんかだ。おまえはそういったものにも詳しいのか？」

「少しはな」ハートは答えた。「いつからこれに目をつけてたんだ？」

「二カ月まえだ。パークウェイ・ミュージアムで三週間展示するために、コレクションが貸し出されたんだ。おれはそれを見にいってきた。ほとんどが小さな品だ。おまえの親指くらいのな。だがその骨董的価値はとてつもない額だ。なかには二、三千年まえのものもある」

ハートは紙切れに目をやったが、何も言わなかった。

チャーリーはつづけた。「いま現在、百万ドルくらいの価値がある。手に入れたら、三十五万ドルくらいになると思う」

「それはすごい」ハートは言った。プロらしく聞こえただろうか？

「ああ、そう思うのは無理もない」チャーリーは言った。「だが、こういった品を喉から手が出るほどほしがっているマーケットがある。大昔に無くしてしまったものを、いまになって取り戻したがっているんだ」

「中国か？」

「中共だ」

「どういうルートで？」

「やつらには、こっちで働く人間がいるのさ。南米にも別の連中がいるし、中米にも何人か送りこんでいる。物はあちこち転々として中国へ運ばれるんだ」

　ハートはまた紙切れに目を走らせた。彼は軽く、とても軽く言った。「三十五万ドルか」

「少なくとも、だ」チャーリーはこうつぶやき、紙切れを指した。「その屋敷は気に入ったか？」

「まだわからない」ハートは慎重にことばを選んだ。だが、まちがったことを言ったのではないかと気になった。とすれば、ほかになんと言えばよかったのだろう？

「金曜日にやる。金曜の夜だ」チャーリーが言った。

　ハートは心のなかで言った。今日は水曜日だ。水曜の次は木曜、その次が金曜日だ。

　彼の目は紙に描かれた略図に注がれ、そこから動こうとしなかった。見つめていると、鉛筆書きの屋敷の絵が紙から浮き上がって顔に迫ってくるように思えた。それはやがて現実の屋敷内になり、彼らはそのなかで美術品を漁っていた。だが彼はへまばかりし、美術品を見るプロの目などないことがばれてしまう。チャーリーはにっこりしながら彼を見守っていたが、彼らが屋敷から出て車に乗りこむと銃を取り出し、最後にもう一度にっこりと笑いかけてから彼を撃つ。

　金曜日か、ハートは考えた。今日の《インクワイア》の

日付欄を思い出した。一月十一日だった。ということは、金曜日は十三日だ。不吉な響きがあった。ハートは思った。その金曜日は不吉な日になりそうだ。だが、そうはならないかもしれない。もし彼が――

「それがなんだ」ハートは声に出して言った。

「えっ？」チャーリーが小声で訊いた。「なんて言ったんだ？」

彼はチャーリーの顔を見てにやりとした。「考えていたんだ、迷信深いやつらもいる。十三日の金曜日のことだ」

チャーリーはしばらく沈黙を守っていた。やがて、カーペットに目を落とした。「おまえは迷信深いのか？」

「いや」ハートは言った。

「おれもだ」チャーリーは振り向き、マットーネがぐっすり眠っているカウチを指した。「あいつは迷信深い」

「十三日の金曜日」ハートは言った。「ブラック・フライデーと呼ばれている。やつはそのことを心配するかな？」

「心配させておけ。どのみち、いつも心配してるんだ。心配事を見つけない日はないくらいだ」

「わかった」ハートは軽く肩をすくめた。「おれならかまわない」

チャーリーはハートのうしろへ視線を向けた。「どうかな」

ハートはもう一度にやりとした。「おれは迷信深くないって言っただろ」

「ああ、言ったとも」チャーリーはそのまま宙を見つめていた。

「おまえはいろんなことを言ってきた。おまえが言えば言うほど、おれには疑問が湧いてくるんだ」

ハートは笑みを浮かべたまま、ほんの少し顔をしかめて言った。「それが気に入らないなら、チャーリー、あんたにはどうすればいいかわかってるはずだ」

チャーリーは彼を見つめた。そして、しばらく黙っていたが、やがて穏やかに口を開いた。「おれにはわかっていないのかもしれない。教えてくれるか？」

ハートはまだ笑っていた。彼の声はチャーリーと同じくらい穏やかだった。「地獄へ落ちればいい。それが答えだ」

「ふざけてるのか？」

「いや、ふざけてるんじゃない。あんたがおれを嘘つき呼ばわりしたから、おれはあんたがどこへ行けばいいか教えてやったんだ」

「興奮するなよ」チャーリーは言った。「おまえを嘘つきだと言った覚えはない」

「いいか、チャーリー」彼は立ち上がった。「おれは侮辱されるのが嫌いなんだ。マットーネでもリッツィオでも、誰でも好きなやつらを叱りとばしたらいい。やつらがそれでいいなら、それはやつらの問題だ。だが、おれは嫌だ。おれは誰からも罵倒されたくないし、もちろんあんたから罵倒されて黙っているつもりもない」

チャーリーは首を傾け、ゆっくりと舐め回すようにハートを見た。「なあ——」それは囁くような声だった。「いったい何を言おうとしているんだ？」

「もう一度言ってほしいのか？」

「本当は何が言いたいのか話してみろ」

「その言い方がまた侮辱だ」ハートの口はほとんど動いていなかった。「チャーリー、あんたはおれを侮辱してばかりいる」

チャーリーは、また彼を舐め回すように見て言った。

「残念だな。こんなふうになるとは思わなかった。おれは、おまえが気に入りはじめていたんだが」

チャーリーの口調にある寂しげな響きに嘘はないようだった。ハートの背骨がこわばってきた。少しやりすぎたかもしれない。背骨から脳髄までのどこかで、またフリーダの声がした。あなたにチャーリーを騙すことなんてできないわ。

チャーリーの声がした。「実は、仲間になったほうがいいと思った」

ハートはまたにやりとした。「いっしょに釣りにでも行くのか？」

「それと、スキーもな。ずっとスキーをしてみたいと思っていたが、いっしょに行くやつがいなかった。仲間がいないってのは惨めなものだぜ。本当の仲間がいたのは、十二歳のころまでだったな」

「だが、いまは子どもじみたものを捨てるときだ、聖書にあるようにな」

「おまえの言うとおりだ」チャーリーは言った。「大人になると、そこにあるのは冷たい世の中だ。唯一信じられるのは計算器だけだ」

それがきっかけだった。ハートはそれに飛びついた。

「おれを信用してくれとは言わない、チャーリー。自分でも信用していないんだ。少なくとも、完全には信用していない。すべては時と場所しだいだ。ある仕事を今日やらなくても、来月するかもしれない。だがそれは先のことで、いまのおれたちに関係あるのはいま現在のことだ。あんたに雇われて言われたことをする、いまはそれしか決められない」

「とりあえず」チャーリーは考えながら言った。「短期契約にしよう」

「おれの考えも同じだ」ハートは言った。それは本物らしく聞こえた。そしてハートには、それ以上のことばは必要ないことがわかっていた。

「なあ、アル、おまえはうまくやったようだ」チャーリーは言った。

ハートは肩をすくめ、灰皿でタバコをもみ消した。もう一方の手には、ウィンコートにあるケニストンの屋敷が描かれた紙切れがあった。彼は屋敷の略図に目を落とし、小さく眉をひそめた。「縮尺はきちんとしているのか？」

「いや」チャーリーは言った。「だが、二分の一インチをだいたい五十ヤードとして概算すればいい。門から玄関までが千五百ヤードくらいだと思う」

「長く歩かなくちゃならないな」

「ああ」チャーリーは素っ気なく言った。「長く走ることになるかもしれない」

「犬はいるか？」

「二匹いた。大型犬だ。凶暴なやつらだ。だが、それは問題ない。おれたちには犬の専門家がいる。リッツィオだ。やつは犬に関しては本当の達人だ」

「犬の種類は？」

「ドーベルマンだ」

「本当に達人ならいいが」ハートは言った。

フリーダがキッチンから大声で呼んでいた。「さあ、こっちへ来て。夕食の用意ができたわ」

六人は狭いダイニングルームでテーブルを囲んでいた。トマトジュースを飲み終え、Tボーン・ステーキとフレンチ・ドレッシングをかけたサラダを食べていた。それはミディアム・レアに焼いた上等なステーキで、六人ともせっせとナイフとフォークを動かしていた。

ハートはリッツィオの横に坐り、二人の女は彼の前に坐っていた。マットーネとチャーリーは、向かい合ってテーブルの両端に坐っていた。皿に覆い被さるようにして食べていたマットーネが、いきなり顔を上げてテーブルの上を見回した。そして、フリーダをにらみつけた。

「どうかしたの？」ステーキとサラダとバターロールで口をいっぱいにしたフリーダが訊いた。

「A‐1ソースはどこだ？」マットーネが訊いた。

「キッチンを覗いてみてよ」フリーダが言った。「冷蔵庫のそばの棚にあるわ」

マットーネはマーナに目を向けた。「持ってきてくれ」

「自分で持ってきなさいよ」マーナが言った。

彼女は穏やかにそう言った。だが、その言い方には何かが籠められていた。全員が手を止め、一斉に彼女を見つめた。

「A‐1ソースを取ってきてくれ」マットーネが言った。「一度しか言わないぞ」

「けっこうよ」マーナが答えた。

マットーネはナイフとフォークを置いた。

「まあまあ」チャーリーが口を挟んだ。「いいじゃないか」

「いや」マットーネは言った。「いや、チャーリー。ちっともよくねえ」

チャーリーは天井を見上げた。「ソースを取ってきてやれ」

マーナは動こうとしなかった。フォークでステーキを押さえ、それにナイフを入れていた。ほかには誰ひとり食べていなかった。彼らはみな、マーナがステーキを切るのを見つめていた。彼女はステーキを見てさえいなかった。彼女が何を見ているのかはよくわからなかった。彼女がマットーネの頼みをはねつけた理由は、マットーネとは無関係ではないだろうか、ハートはそう思いはじめた。

リッツィオが椅子を引いた。「おれが取ってくる」そう言って腰を浮かした。だが、マットーネは彼を押しとどめて言った。「おまえはじっとしていろ。彼女が取ってくる」すると、フリーダが言った。「よして、こんなのいやよ。あたしが取ってくるわ」だが、マットーネは彼女を止めた。「マーナに取ってこさせるんだ、わかったか？ 彼女の仕事は掃除と料理の手伝いと給仕だ。それで給料をもらってるんだから、彼女がやればいいんだ」

マットーネは口を固く結んでマーナを見据えていた。両手でテーブルの端をつかみ、白くなった関節がさらに白さを増した。チャーリーはじっとマットーネを見つめていたが、彼が腰を浮かしかけたとき、マットーネが動いた。いきなり席を立って素早く腕を伸ばし、マーナの手首をつかんで強く捻ったのだ。マーナはナイフを落とした。しかし、もう一方の手にはフォークが握られている。マットーネは彼女の手首を捻りつづけたが、彼女は痛みを感じていないようだった。彼女は音も立てず、無表情な顔でフォークを持った手を引くと、いきなりそれをマットーネの肩のすぐ下に突き立てた。

「何しやがる」マットーネが悲鳴を上げた。そして、傷ついた腕をつかんでうしろによろめいた。自分の椅子に当たって倒し、それに躓いて床に倒れた。

リッツィオが腰を上げ、フリーダもそれに倣った。二人はマットーネを助け起こした。チャーリーはマーナを見つめ、ハートは彼女の握る血のついたフォークの先を見つめていた。騒ぎが治まり、彼らはマットーネのジャケットを脱がせようとしていた。シャツの袖の肩のあたりがまっ赤に染まり、血がどくどくと流れてくる。まっ赤なしみが広がっていくのに気づくと、マットーネは目をむいた。そして、傷ついた腕をだらりと下げ、震えるもう一方の手でシャツのボタンを外しはじめた。彼がボタンに手間どっていると、フリーダがじれったそうにぶつぶつ言いながら近づいた。彼女はマットーネのズボンからシャツの裾を引っ張り出し、白いブロードをしっかりとつかんでまん中から引きちぎった。

「おれのシャツが」マットーネが悲鳴を上げた。「おれのシャツが破れる――」

フリーダはシャツを裂く手を止めなかった。そのまま上まで裂き、肩を通って背中を裾まで切り開いた。

「シャツが台無しだ」マットーネは金切り声を上げた。ヒステリー発作を起こしたかのような声だ。「輸入物のブロードだぞ――二十三ドル五十もした――オーダーメイドなんだ――」

「黙って」フリーダが、破れたシャツから袖を外しながら言った。「何か持ってきて」彼女は誰にともなく言った。「オキシフルがあったかしら?」

「おれが見てこよう」チャーリーが言った。小さなため息を漏らし、彼はテーブルから離れた。フリーダは破れたシャツの切れ端を丸め、マッドーネの腕から血をぬぐい取った。マットーネは落ち着いた表情を取り戻し、穏やかに話せるようになっていた。彼はマーナを見据えた。「おまえが何をしたか見てみろ。おれの腕を見てみろ」

マーナには聞こえないようだった。席に戻っていた彼女は、皿の上のナイフをじっと見つめていた。青ざめてはいるが落ち着いた顔をし、目のなかには何もなかった。ハートは考えていた。彼女は本当に狂ってしまったのかもしれない。それを試す方法はないだろうか？　あるいは、かかわらないほうがいいのかもしれない。おまえには関係ないのだ。そうなのか？　とんでもない。おまえこそどまん中にいるじゃないか。彼女が本当に狙っているのはおまえだということも、その理由も、おまえにはわかっているはずだ。

ハートはマーナを試すことにし、ジャケットのポケットに手を入れてタバコを取り出した。彼はパックを差し出して言った。「一服どうだ？」

だが、反応はなかった。彼女は皿の上のナイフから目を離そうとしなかった。フリーダとリッツィオとマットーネは、ハートの意図を計りかねて様子を窺っていた。

「オキシフルはなかった。ヨードチンキだけだ」チャーリーが、ヨードチンキと濡れタオルとバンドエイドを持って部屋に入ってきた。ハートがマーナにタバコを勧めているのを目にすると、かすかに眉をひそめて訊いた。「今度はどうしたんだ？」

「彼女は病気のようだ」ハートが答えた。

「ばか言うな」言ったのはマットーネだ。彼はにやにやしていた。「病気なんかじゃない。病気でないのはおまえも知ってるはずだ。こいつがどうしたのか、おまえにはわかってるはずだ」

ハートは答えなかった。チャーリーはヨードチンキとタオルをフリーダに渡し、彼女はマットーネの腕の傷口に濡れタオルを当てた。リッツィオは席に戻り、またステーキを食べはじめた。フリーダはヨードチンキをつけるのに忙しかった。マットーネはヨードチンキなどものともしないような顔で、相変わらずハートに向かってにやにやしている。バンドエイドはテーブルの上にあった。フリーダは四枚あるバンドエイドを一枚ずつ手に取り、マットーネの腕にできた傷口に貼りつけていった。すでにチャーリーも自分の席に戻り、皿に残したTボーン・ステーキをまた食べはじめていた。フリーダはバンドエイドを貼り終え、マーナの横の自分の席に戻ったが、マットーネは立ち上がってゆっくりと部屋から出ていった。静かになった部屋で、彼らはステーキとサラダを食べていた。ただひとりマーナだけが、落ち着いた表情で坐ったまま、うつろな目をじっとナイフに注いでいた。皿の上の肉に専念しろ、ハートはそう自分に言い聞かせていた。だがステーキを噛んでいるうちに、思考が止まって目指す方向から外れ、ついにあの階段を踏み外してあの地下室へ、さらにあの暖房炉へと転げ落ちていった。彼はいま、マーナの兄が切り刻まれて暖房炉に投げこまれるのを見ていた。次に、彼の膝がポールと接触した瞬間に戻っていた。膝は鈍い音を立ててポールの股間に食いこみ、ポールの体内に出血と死をもたらすような異常を起こし、結局この女から兄を奪ってしまったのだ。ハートが彼女から奪ったものを償うことはできない。ポールが死んだ夜、彼女がそのショックにぼう然とし、まだ痛みや憎しみを感じていなかったあの夜、リヴィングルームで交わしたマーナとの会話を思い出した。だからいま、彼女の姿を見たくないと思いながらも目を向けずにはいられなかった。ハートが目をやると、そこには黒い髪と紫色の目をし、血の気のない静かな顔をした小柄で痩せこけた若い女がいた。身長は五フィート二インチ、もし体重計の針が九十五ポンド以上を指したとしたら、それは器械が故障しているにちがいない。じっと坐りこんだ彼女はとても小さく見えた。だが、彼には自分がトラブルを見つめていることがわかっていた。それは、彼の頭上にぶら下がっているもののなかでもっとも恐ろしい、大きなトラブルだった。彼は思った、なんとかして彼女と話すことができれば――

　突然、音楽がダイニングルームに飛びこんできた。リヴィングルームのラジオからはじき出されたホットジャズだ。すぐに足音が聞こえ、新しいシャツを着て手描きのネクタイを締め、出ていったときと同じにやけた笑みを浮かべたマットーネが入ってきた。その笑みは自分に向けられたものだ、ハートがそう思っていると、チャーリーが言った。

「もういい、マットーネ。やめろよ」

「おれが何をしてる？」マットーネは穏やかに訊いた。

「やめろ、と言ったんだ」

マットーネはハートのうしろを回ってテーブルを通り過ぎ、キッチンへ入っていった。キッチンから出てくる彼の手にはA‐1ソースの瓶が握られていた。席につき、冷めたステーキにソースをかけた。傷ついていない腕をバターロールに伸ばし、それにバターの分厚い塊を乗せた。それをひとくち嚙みちぎってから、おもむろにステーキの大きな塊を切り取った。そしてステーキを口に押しこんで力強く嚙みながら、またハートに向かってにやにや笑いをつづけていた。

トランペットはしだいに音程を上げ、リヴィングルームから甲高い音が響き渡った。ドラマーがシンバルを力いっぱい叩くと、リッツィオが情けない声で言った。「頼むよ、あんな騒音を聞かされなきゃいけないのか？」

「そのままにしておけ」マットーネが言った。「ディズィー・ガレスピーだぜ。おれはディズィー・ガレスピーが好きなんだ」

「まるで、誰かがスチームローラーに轢かれたみたいね」フリーダが言った。

「ちょっとちがうな」マットーネが言った。「人の声には聞こえない」彼の顔からにやけた笑みが消え、ステーキを嚙むのをやめて考え深げに眉をひそめた。「これがどういうものか教えてやろう。これはな――」

「ビーバップだろ」リッツィオが言った。「ビーバップじゃないのか？」

「そうだ、バップだ」マットーネは頷いた。「だが、おれが言いたいのはそういうことじゃない。どういうことかというと――ディズィーがだんだん音を上げて高音の上の高音を出すとき、彼は何かを語りかけているんだ。それはおれたちのなかに直接入ってくる。それがなかでどんなふうに鳴り響いているか、語りかけているんだ」

「何のなかだって？」リッツィオが訊いた。

「ここさ」マットーネはそう言い、自分の頭と胸を指さした。「わかったか？」

「いや」リッツィオは答えた。

「それは、おまえがバカだからだ」マットーネは親しみをこめて言った。「おれの話は頭のいいやつでないと理解できない。ここにいるお友だちのようにな」ハートを指さした。

「またはじめる気か？」チャーリーが静かに言った。「今夜はもうたくさんだ」

「雑談をしているだけだ」マットーネは答えた。「ここにいるお友だちには、おれの言いたいことがわかっているはずだ。彼女のなかでどんな音が鳴り響いているか、ってこともな」

「彼にかまうな」チャーリーの声がほんの少し高くなった。

「べつに、やつを困らせているわけじゃない」マットーネは言った。「困らせているのはそこにいる女だ。彼女こそやつを困らせているんだ。彼女のせいで、やつはひどく悩んでいるんだぜ」

「いいかげんにしてよ」フリーダが抗議の声を上げた。「どうにかしてよ、チャーリー。やめさせて」

チャーリーはうっすらと笑みを浮かべ、マットーネを見つめた。それは最後通告に等しかった。

だがマットーネは、はじめたら最後止めることができなかった。ひとたび獲物の頭を口に入れたら生物学上食事を中断できない、ある種の爬虫類のようだ。マットーネは言った。「彼女はフォークでおれの腕を刺したが、彼女が刺したかったのは本当はやつなんだ。それに、刺したかったのは腕じゃないだろうな」

チャーリーが腰を浮かした。

だがハートは腕を伸ばし、チャーリーの肩に手を置いた。「坐ってろよ」ハートはつぶやいた。「しゃべらせておけ。終いまで聞きたいからな」

「そうだろうとも」マットーネはにやりとした。「おまえの考えていることと同じかどうか、知りたいだろうからな。

ちがうか?」

ハートはゆっくりと頷いた。そして今度はマーナを見つめた。彼女はわずかに顔を上げ、うつろな目を彼の顎に向けていた。あるいは喉かもしれない。彼にはわからなかった。

「どういうことかわかるか?」マットーネは一同を見回して訊いた。「やつを恨んでいる彼女は、おれに八つ当たりした。間々あることだ。あんまりひどく混乱すると、何をしようとしているのかわからなくなって、手近なものに当たってしまう。だが、いずれそのうち自分の目的がはっきりする。まさに時間の問題だ」

「あんたはクズよ」フリーダは不快感を露わにしてマットーネを見つめた。

「おれが?」マットーネは無邪気に自分を指さした。「誤解してるぜ、フリーダ。おれは手を貸そうとしてるだけだ。彼が傷つくのを見るのは嫌だからな」

「ええ」フリーダは言った。「そうでしょうとも」

「彼に忠告してるだけだ」マットーネは言った。「気をつけろ、と言ってるだけだ。彼女から目を離すな、とな。彼女の動きはいつも見張っていろ。でなけりゃ——」彼は一瞬口ごもり、一気に言った。「——いちばん安全な方法をとるべきかもしれない、逃げたほうがいいかもしれないな」

重い沈黙がたちこめた。フリーダはチャーリーに目をやり、彼がふたたび立ち上がってマットーネを諫めるのを待っていた。だが、チャーリーは動かなかった。彼はマーナを見守っていた。彼女が椅子を引く音で静寂が破られた。彼女は席を立ってゆっくりとテーブルを迂回し、どこか夢遊病患者のような足取りで部屋を出ていった。

「コーヒーがほしいやつは?」リッツィオが訊いた

「みんな飲むわね」フリーダが言った。「マットーネ用に毒入りのコーヒーはないの?」

チャーリーがフリーダに目をやった。次に、ハートに目を移した。そしてまたフリーダを見つめ、ほとんどわからないほど微かに頷いた。「酒はあるか？」

「バーボンとジンがある」

「ジンを持ってきてくれ」

「いったいどうしたんだ？」マットーネは一同の顔を見回したが、誰も答えなかった。

「おまえには関係ない」チャーリーが言った。彼の視線は、フリーダとハートのあいだを素早く行き来していた。

　リッツィオがジンを持ってきた。眉をひそめ、いぶかしげな顔をしている。チャーリーがジンを飲むことはめったになく、飲むとすれば、何か平静でいられなくなるようなことがあって元気づけが必要になったときだけだったからだ。

　チャーリーはボトルを手に取り、ジンをタンブラーに注ぎはじめた。グラスの四分の三ほど注ぐと、それを口に運んでまるで水のように飲んだ。

　ラジオからはまだビーバップが流れていた。ディズィー・ガレスピーの曲がまたかかっていた。そして、ディズィーの吹くトランペットの音がどこまでも高くなっていった。

9

「気分が悪くなるわよ」フリーダが言った。彼女は、ボトルからタンブラーに流れこむジンに目を注いでいた。すでにグラスは四杯目を数え、ハートの計算では、チャーリーは一パイント以上飲んだはずだ。マットーネはコーヒーを飲み終えて席を立ち、リッツィオも立ち上がろうとしていた。

「肝臓を壊すわ」フリーダは声を抑えて言った。「このまえみたいになるわ、胃洗浄を受けなきゃならなくなるわよ」

　チャーリーがハートに微笑みかけた。「ジンを飲むか?」

「いや、けっこうだ」ハートは答えた。

「ジンは嫌いか?」

「別に」

「水っぽい酒だ」チャーリーの微笑はどこか曖昧だった。「こく《ボディ》がない」

　ハートは何も言わなかった。

「おまえが嫌いなのは、おそらくそのせいだろう。きっと、もっとこく《ボディ》のあるものが好きなんだろう」

「どういう意味だ?」ハートは訊いた。だが、心のなかで言った。おまえにはどういう意味かわかっているはずだぞ。

「あたしのことを言ってるのよ」フリーダが言った。息が荒くなってきた。「そうじゃないの、チャーリー?」

　チャーリーはフリーダに笑みを向けた。「飲むか?」

「いいえ」フリーダは言った。息づかいが急に激しくなった。彼女はハートに目をやった。「ほかの部屋へ行ってて。あなたには関係のない――」

「関係ないものか」チャーリーは穏やかな声で言った。そして含み笑いをしたが、笑っているのは口許だけだった。

彼の冷ややかな目は壁の一点をまっすぐ見つめ、そのまま壁を突き抜けるかのように見えた。「こうなったら、三者会談だ」

「そんな必要はないわ」フリーダが言った。「あなたがそう思ってるだけよ」

「いや、フリーダ」チャーリーは言った。「すでに起こったことだ。今日の午後、おれが出かけてるあいだにな」そして、長い沈黙のあとで言った。「聞かせてくれ、どうだったんだ？」

「あなたはおもしろくないわ、チャーリー」

「そうか、だがそれはちがう。おまえはわかっていない。おれはとてもおもしろい男だ。いいか？　おれほどおもしろい男には会ったことがない」

「わかったわ」フリーダは言った。「ジンを飲みなさいよ。ぜんぶ飲み干して前後不覚になったらいいわ。そうしたら、ベッドに運んであげるから」

チャーリーはまたくすくす笑った。「いきり立つなよ、フリーダ。なんでそんなにいきり立つんだ？　なんといっても、情事とはまさしくそういうものだ。おれが与えてやれないから、おまえはほかの誰かに求める――」

「だから？」フリーダは大声を出した。「あなたがそうしろと言ったんじゃない。あなたが、かまわないって――」

「ああ」チャーリーは穏やかに口を挟んだ。

「だったら、なんだって文句を言うの？　いったい何が不満なのよ？」

チャーリーは答えなかった。またくすくす笑っている。

「答えてよ」フリーダは迫った。「もうっ、チャーリーってば――」

チャーリーは笑うのをやめ、ハートを見つめた。「わかったか？　これがどういうことかわかるか？」

「ぜんぜん」

「彼女は本気でおまえが好きになったんだ」チャーリーが言った。「昼間、よほどいい思いをさせてやったにちがいない。何か特別なことをしてやったんだろう」

ハートは肩をすくめた。

「だからマットーネがおまえにここを出るように言ったとき、やつに食ってかかったんだ。もしおまえが出ていったら、ひどく悲しんだだろうな」

フリーダが立ち上がった。その目は、チャーリーとハートのまん中あたりの空間に向けられていた。彼女は無言だった。

チャーリーは、まるでフリーダが部屋にいないかのように話しつづけた。「彼女はおれのことを話しただろう。おれと彼女のことを、という意味だが。たとえば、おれのからだに問題があって、ごくたまにしか彼女を抱いてやれないことがどんな問題になるかというようなことだ。自分の使わないものを独り占めするのは理屈に合わないから、ほかの誰かに求めるよう言った。おれとしては、それがおれの気持ちを示すいい方法だと思ったんだ。そう思わないか？」

ハートは頷いた。

「それは」チャーリーはつづけた。「確かにいい方法だった。だがな、問題は、こういうことをすると必ず裏切られるってことだ。必ずな。昔、カナリアを飼ったことがある。実に素晴らしい鳥で、値段もずいぶん高かった。だが鳥かごがお粗末で、鳥がなかを飛び回ったり充分な運動をするには狭すぎるような気がした。それである日、おれはかごを開けてやった。鳥が部屋を飛び回ってから、戻ってきておれの肩に留まると思ったんだ。だが、実際には逃げてしまった。窓が開いていたので、飛んでいってしまったんだ」

静寂がつづいた。

やがてチャーリーはフリーダに目をやった。「おまえのせいじゃない、フリーダ。おまえを責めてるわけじゃないんだ」

フリーダは突っ立ったままだった。相変わらず、チャーリーとハートの中間を見つめていた。「あたしのせいじゃない、ですって。彼は――」

「おれは、誰のせいでもないと言ってるんだ」チャーリーは微笑んだ。「もし何かのせいにするとしたら、それは天気のせいだ。このフィラデルフィアの天気は薄気味悪いからな」

フリーダは目を閉じた。両手で頭を抱え、目を閉じたまままうめき声を漏らした。

「そう」チャーリーは低い声で言った。「おれも辛い。おれがどんなに辛いか、おまえにはわからないだろう」

フリーダは目を開け、チャーリーを見つめた。彼女は何か訴えるように、腕を少し持ち上げた。「だめかしら、あたしたち――？」

「ああ」チャーリーが言った。「おれだって、そうできたらどんなにいいか。だが無理だ。できっこない。おまえが彼を単なる遊び相手と考えているなら、おれたち三人、合意のもとでなんとかうまくやっていくこともできただろう。だがこれは浮気ではすまない。おまえは彼のすべてがほしいんだ。彼のことがからだの奥深く刻みつけられて、彼に触れないでも彼を感じることができるようになった。これで、おまえとおれの関係はお終いだ」

「完全に？」フリーダは頭を垂れた。

「すっぱりと別れるんだ」チャーリーは頷いた。「もうやめよう。このことは忘れよう。愁嘆場を演じたりしないことは約束する」

「チャーリー――」彼女はしつこく食い下がった。「こんなことになるとは思っていなかったの。本当よ、チャーリー、これは――」

「天気だよ」チャーリーは言った。「いつだって、思ってもみなかった天気になるものだ」

確かにそうだ、ハートは思った。チャーリーが立ち上がり、ジンのボトルに手を伸ばし、それを優しく抱えると愛情をこめて胸に押しつけるのが見えた。チャーリーは部屋を出ていった。しばらくそのまま何事もなく過ぎ、ハートはじっと坐りこんで、階段を上がっていくチャーリーの足音に耳を傾けていた。足音が二階へ消えると、別の足音が近づいてきた。顔を上げると、それはフリーダだった。彼女はハートに近寄り、そのからだに太い腕を巻きつけ、彼の膝に大きな尻を滑りこませた。そして彼の口に厚い唇を押し当てた。

「くそっ」彼は心のなかで言った。「なんてことだ」

10

その夜遅く、ハートはマットーネとリッツィオを相手にリヴィングルームでポーカーをやっていた。チャーリーはすっかり酔っぱらい、二階の自分の部屋のベッドで空っぽのジンのボトルを両手につかんでいた。彼が酔いつぶれて意識を失うと、みんなは彼の手からボトルを離そうとしたが、指がガラスに貼りついてでもいるかのようにくっついているのでそのままにしておいたのだ。あれは二時間まえのことだった。いまは十一時過ぎ、ポーカーのゲームはすでに一時間半ほどつづいていた。この時点で大勝ちしていたのはマットーネ、リッツィオは数ドルの勝ち、ハートは持ち金を大きく減らしてほとんど文無しだった。時折いいカードが来るのだが、手に繋がらない。フリーダが自分の部屋から別の部屋へと荷物を引きずっている音が二階から聞こえ、その音に気が散るのだ。それはフリーダがマーナと共有している部屋を出て、彼と住む部屋へ荷物を運んでいることを意味していた。十一時半、ハートの手元には三ドルしか残っていなかった。マットーネは、その二枚の札と銀貨に目をやった。「破産しそうだな」

「これがほしいか?」ハートはその金を指さした。

「もちろんだ」マットーネはにやりとした。「それはアメリカの通貨なんだろ?」

「やめろよ」リッツィオがマットーネに言った。「カードを配ってくれ――」

「待て」ハートは低い声で言い、三ドルの金に目を落とした。「取れよ、マットーネ。おまえにやる」

「いや、いい」マットーネは言った。

「さあ」ハートはマットーネに微笑みかけた。「取れよ」

「どうしたんだ?」リッツィオが二人に訊いた。「どうなってるんだ?」

「やつが、おれにくれるって言うんだ」

リッツィオはいぶかしげに顔をしかめた。「どういうことだ?」

「おれにはわかるぞ」マットーネが言った。

「わかるもんか」ハートが彼に言った。「おまえの脳みそが二倍あったとしてもわかるまい」

「おい、おまえ」マットーネはわずかに身を乗りだした。

「いいか、おれの頭を見くびるんじゃないぞ」

「ポーカーをやる気はあるのか?」リッツィオが業を煮やして言った。

「いま、やってるじゃないか」マットーネはカードをさばきはじめた。ハートの顔をじっと見据えたまま、一方の手からもう一方の手へと器用にカードを持ち替え、鮮やかな手つきで操っている。「これは単なる金というより報奨金だな」

「いったいどういうことだ?」リッツィオが迫った。

「いわゆるエサってやつさ」マットーネがリッツィオに言

った。「こいつはおれにエサを投げているってことだ。おれがこれに食いついたら、もっと投げてよこす気だ。そのうち、こいつのチームに入れば、三ドルどころかもっと大金をくれるって言い出すだろうぜ」

「なんのチームだ？」リッツィオは眉をひそめた。

「そこに坐ってるチームだ」マットーネはハートを指さして言った。「こいつと、こいつと、こいつと。こいつの側のメンバーはそれだけだ。つまり、こいつひとりってことだ。こいつはチームメイトを捜しているのさ」

「だが――」リッツィオは頭を掻いた。「だが、それはおかしいぜ。やつは一匹狼ってわけじゃない。おれたちといっしょにやるんだろ？」

マットーネは眉を上げた。「本当か？」努めて柔らかな口調で訊いた。「どこでそのニュースを聞きこんだ？」

リッツィオは間の抜けた顔をして肩をすくめた。「さあ、当然のことだと思ってたが――」

「いいか」マットーネが言った。彼の口調は滑らかだった。「当然のことなんて何もないんだぞ、リッツィオ。この家ではな。チャーリーに雇われているかぎりは」

「考えたんだが――」

「それがもうひとつのまちがいだ」マットーネは教えるように言った。「この家では、なんでもチャーリーが考えるんだ」

リッツィオはしばらく考えこみ、ゆっくりと頷いてつぶやいた。「おまえの言うとおりかもしれない」

「もちろんそうだ」マットーネはゆったりと背もたれに寄りかかり、まだカードを手から手へと移し替えていた。彼のにやけ笑いが微かな笑みに変わり、ハートはそれがまるで羽根のように彼の顎をくすぐっているような気がした。

二階から別の物音がした。何かが床をひっかくような微かな物音だった。マットーネにもリッツィオにも聞こえなかったが、ハートの耳にははっきりとした鋭い音となって響いた。彼は考えていた。彼女は、この椅子はここ、あの椅子はそこ、というふうに部屋の模様替えをしている。すぐに、彼女がベッドのスプリングを試す音がするにちがいない。おまえにはフリーダとの重労働が待っている。これからはじまることに比べたら、午後のことなどほんのリハーサルだ。いまや抜き差しならないところに追いこまれ、嫌悪感を感じながらもそれをすることになるのだ。よし、しばらくこの問題から目をそらそう。ベッドに入るにはまだ早い。目の前にいるのはフリーダでなくマットーネだ。それにマットーネは、おまえの心に引っかかっているのはマットーネ自身とその人当たりのいい笑顔、そしておまえの腹を探ろうとする猫なで声のおしゃべりだと思っている。もしおまえが冷や汗をかいて取り乱すことにでもなれば、マットーネは喜びのあまり小躍りするにちがいない。彼に言いたいだけ言わせておいたら、きっとおまえの神経にずかずかと踏みこんでくる。確かに彼はスカンクのように鼻持ちならないやつだ。スカンクとうまくやるには近寄らないのがいちばんだが、ここにいるこの男と距離を置くことはできない。ならば、どうしたらいいのだろう？　マウンドに立って彼の頭にボールを投げつけてみるしかない。そうすれば、彼の顔から笑みを消せるかどうかわかるだろう。

　マットーネの声が聞こえた。「寂しそうだな、あんた。そんなに寂しそうなやつは見たことがない」

「そんなことはない」彼はさっきの三ドルに目を落とした。「おれはこのことを考えていたんだ」その金を指して言った。「なんでおまえにやると言ったのか、思い出そうとしていただけだ」

「だが、そのわけならおれが言ったじゃないか」とってつけたような笑みを浮かべ、猫なで声で言った。「おれに、おまえのチームに入ってほしいんだろ」

　ハートは考えているようなふりをして眉間にしわを寄せ、上の空で言った。「いや、ちがう。そういうわけじゃない」

「賭けるか？」マットーネはリッツィオに目配せをした。

「たぶん――」ハートはまだ眉をひそめていた。彼の声は、まるで独り言でも言っているかのように聞き取りにくかった。「――たぶん理由なんかなかったんだ」

「おれは騙されないぜ」マットーネはせせら笑った。「おれは、こいつみたいにバカじゃない」そう言ってリッツィオを指さした。その指先が動いて三ドルの金に向いた。「釣り針につけた三匹のミミズ、それがこれだ。おまえは寂しいから仲間がほしい、怖いから助けてほしい、そういうことだ」

「なるほどな」ハートは、まだ考え深げに眉を寄せたままだった。「だが、まだいくつか考えてみなくちゃならないことがある」

「わかった」マットーネは皮肉をこめて言った。「聞かせてもらおうか」

「第一に」ハートは言った。「あの女のことだ。なんて名前だったかな?」

「マーナだ。彼女の名前はマーナだ」マットーネは怪我をした腕に目を走らせた。

「よし、おれの話はこうだ」ハートは言った。「この第一の項目は消すことができる。おれはあの女を怖がっていない」

「そうかな?」マットーネが口を挟んだ。

ハートは肩をすくめて受け流した。「彼女が何かしようとしたら、正面からがんと一発食らわせてやる」

マットーネはまた穏やかな態度になり、滑らかな口調に戻っていた。「それは仲間になってからの話だ。これは会費さえ払えば入会できるソーシャル・クラブとはわけがちがうんだぞ。いわゆる結束の強い組織ってやつだ。おまえに関するかぎり、賭けてもいい――」

「貯金しろよ」ハートはさらりと言った。そして、ボールを投げこんでみた。「チャーリーに言われたんだが、金曜の夜の仕事に参加することになった」

「金曜日――」マットーネは目をぱちくりさせた。「金曜の夜のことを、チャーリーがおまえに話したって?」

これはおもしろい、ハートは思った。ゆっくりと頷いた。

「ケニストンの屋敷だ」

マットーネはリッツィオに顔を向けた。「おまえ、聞いてるか？」

「なんで？」リッツィオは意味のないしぐさをした。「そう聞いてるぜ。それがどうした？」

マットーネは口を開いたが、何も言えなかった。

ハートが言った。「これで、第二の項目も消去できる。おれが怖がっているという、おまえの理論が崩れたようだな。そう思わないか？」

答えはなかった。少なくともことばでは。マットーネは必死で何か言おうとしたが、口から出てくるのは苦しげなうめき声だけだった。

「まだある」ハートはつづけた。「おまえは、おれが寂しがっていて仲間をほしがっている、と言ったな。それが第三の項目だ。だが、チャーリーは今夜おれにちょっとした恩恵を与えたんだ。おれが部外者だったら、いや、たとえ部外者と仲間の中間だったとしても、たとえば九十九パーセント仲間といえる存在だったとしても、ぜったいに与えるはずのない恩恵をな。エスキモーの夫が客に対してするようなことをしたんだ。ただし、エスキモーの場合は妻を一晩貸し与えるだけだが、チャーリーはおれが彼女を永久に自分のものにすることを許したんだ。やつは――」

ここまで言えば充分だった。マットーネは勢いよく立ち上がり、彼の手から離れたカードがテーブルの下に散らばった。

「おまえが――」マットーネは絞り出すようにこう言い、ことばに詰まった。「おまえがやったんだな。まんまと入りこんだんだ」

ハートは答えなかった。じっと坐ったまま、マットーネの目に現われた狼狽と挫折を見つめていた。彼は考えていた。彼自身の目には何が現われているんだろう？　いずれにせよ、満足とは無縁のものだ。彼は自分に言い聞かせた、それは誰にも見られないようにしなくてはいけない。彼は目のなかを無にしようとしたが、そのまえにマットレスの軋む音が二階から聞こえてきた。

ハヤカワ文庫の最新刊

●表示の価格は税別本体価格です。
●発売日は地域によって変わる場合があります。

7
2003

〈SF1450〉
宇宙英雄ローダン・シリーズ291
さまよえるミュータント
マール&クナイフェル／五十嵐 洋訳

地球を混乱に陥れた未知の存在の正体が判明した。ローダンは彼らとの接触を試みるが……

本体540円
[絶賛発売中]

〈SF1451〉
ローカス賞受賞
しあわせの理由
グレッグ・イーガン／山岸真編・訳

人工的に感情を操作する意味を問う表題作のほか、現代SFの精華を収録する傑作短篇集

本体820円
[18日発売]

〈JA728〉
プリンセス・プラスティック
ハリアー・バトルフリート
米田淳一
カバー／緒方剛志

サイバースペースでの戦闘の行方は？ 人間の未来は？ クドルチュデス篇、堂々完結。

本体720円
[絶賛発売中]

プリンセス・プラスティックシリーズ 既刊絶賛発売中

エスコート・エンジェル 〈JA679〉本体640円
ホロウ・ボディ 〈JA697〉本体640円
フリー・フライヤー 〈JA713〉本体700円
グリッド・クラッカーズ 〈JA720〉本体700円

総頁二五〇コミック・ムービー 全国同時公開

〈HM210-8〉

「幻の名作」ノワール

野獣よ牙を研げ

ジョージ・P・ペレケーノス／横山啓明訳

朝鮮戦争帰りの男、追放者、靴屋。男たちが犯罪へ突き進むさまを描く深みある暗黒小説　**本体720円**

【絶賛発売中】

〈HM48-2〉

クラシック・セレクション

百万に一つの偶然

—迷宮課事件簿〔II〕—

ロイ・ヴィカーズ／宇野利泰訳

ほかの課が断念した事件を引き受ける迷宮課の事件簿公開！　倒叙ミステリの傑作短篇集　**本体820円**

【16日発売】

〈HM91-20〉

ダイヤモンド警視シリーズ

暗い迷宮

ピーター・ラヴゼイ／山本やよい訳

記憶を失った女、謎をはらむ自殺事件。難事件の数々をダイヤモンド警視が解き明かす。　**本体980円**

【25日発売】

〈NF278,279〉

元乗組員が語る、貴重な体験記

イギリス潜水艦隊の死闘（上・下）

ジョン・ウィンゲート／秋山信雄訳

第二次大戦中にUボートを超える活躍を繰り広げた、知られざる英国潜水艦隊を描く戦記　**本体各720円**

【25日発売】

梶尾真治 短篇傑作選

梶尾真治が
傑作名作短篇群

〈JA731〉

ロマンチック篇 **美亜へ贈る真珠**

ノスタルジー篇 **もう一人のチャーリイ・ゴードン**（8月刊）

ドタバタ篇 **フランケンシュタインの方程式**（9月刊）

表題作はじめ、女性名をタイトルに織り込んだ、抒情ロマンスSF7篇を収録 解説：山田正紀［25日発売］

●絶賛発売中
「OKAGE」〈JA615〉本体840円
これは「黄泉がえり」の布石である
――梶尾真治

〈FT340〉

奇想天外なチャイナ・ファンタジイ

八妖伝（はちようでん）

バリー・ヒューガート／和爾桃子訳

シリーズ既刊絶賛発売中

鳥姫伝（ちょうきでん）〈FT308〉本体740円

霊玉伝（れいぎょくでん）〈FT330〉本体740円

少年と賢者は妖怪の引き起こす怪事件の真相を探る旅へ。三部作完結
解説：田中芳樹 本体740円
［絶賛発売中］

〈FT341〉

〈真実の剣〉シリーズ 第3部（全4巻）

魔都の聖戦2 ―夢魔の暗躍―

テリー・グッドカインド／佐田千織訳

ミッドランズ統一に動き出したリチャード。その行く手に忍び寄る敵の正体が明らかに！ 本体680円［18日発売］

〈NV1041〉

●日本翻訳出版文化賞受賞の超大作、全5巻堂々完結！

五輪の薔薇V

チャールズ・パリサー／甲斐萬里江訳

艱難辛苦の末に遺言状を手に入れたジョンを待っていたのは……壮大、華麗な物語絵巻。 本体760円［16日発売］

〈NV1042〉

元SAS隊員が描く冒険アクション！

暗殺工作員ウォッチマン

クリス・ライアン／伏見威蕃訳

上司を次々と暗殺するMI5工作員と、SAS大尉が繰り広げる秘術を尽くした戦闘。 本体900円［18日発売］

〈HM248-3〉

のんびり楽しむユーモア・ミステリ

フェニモア先生、宝に出くわす

海賊の宝探しにでかけた素人探偵の町医者が挑む、奇妙な脅迫事件。人気シリーズ第三弾 本体900円マットーネが言った。「うれしくなさそうだな」

ハートは肩をすくめた。いよいよだ、彼は独り言を言った。おまえにもわかっているはずだ、取り繕うことのできないときがやって来た。

そのことを考えると背筋に悪寒が走った。おまえは怯えているし、孤独なのだ。結局マットーネの言うとおりだ。おまえのチームには、おまえとおまえとおまえ、つまり、おまえしかいない。確かにそれは飢餓のようなもので、受け入れがたいものだ。これは紛れもない事実だった。

11

やがてフリーダとベッドに入り、むろんまた見せかけの行為がはじまった。午後よりいくらか楽だったのは、部屋が暗かったからだ。午後のときは、明るさのせいで思いどおりにならなかった。フリーダが、何度も自分を見てほしいとせがんだからだ。暗闇のなかなら、彼女はそうせがむこともできない。ただ一度、灯りをつけたほうがいいわ、と彼の耳元に囁いただけだ。ハートは無言で、彼女にその考えを実行に移す間を与えないようにした。

ハートの唇から漏れるため息は喜びそのものだった。だが、もし彼女が灯りをつけて彼の表情を見たら、すべてはぶち壊しだっただろう。彼の顔に浮かぶ表情は、嫌でたまらないことをしているときのしかめっ面だったからだ。このしかめっ面をぬぐい去る方法などなかった。フリーダの太い腕で無理やり抱き締められ、疲れを知らないあえぎやうめきを執拗に聞かされる、この試練がつづくかぎり消すことはできない。時計はいま何時を示しているだろう、彼は何度もそう思った。その光る文字盤が部屋の反対側のテーブルの上にあるというのに、彼女があまりにもしっかりしがみついているので、首を回してそれを見ることさえできない。

だが、不意に彼女が腕を緩め、「タバコ」とつぶやいた。そのすきにハートは彼女から離れたが、それはまるでほつれた網からこぼれ出た魚がのたうち回るような動きだった。タバコとマッチは床の上にある。それを手探りで取ろうとした彼は、もう少しでベッドから転げ落ちるところだった。

彼女の声がした。「どうしたの？　疲れたの？」

「おれが？」狂気じみた笑いを抑えた。「まだ、はじめてさえいないじゃないか」

彼女は本気にした。「はじめてあなたを見たときから、わかっていたわ」

フリーダに火のついたタバコを渡し、彼は自分のタバコをひとくち深々と吸いこんだ。仰向けになって部屋の反対側にある時計に目をやると、緑色の数字が三時二十分を示していた。

「何か話してよ」彼女が言った。

「たとえば？」

「なんでもいいわ。ただ、話してほしいの」

「わかった」彼はしばらく考えこんだ。そして、思いつくままに話しはじめた。「インディアナポリスって知ってるか？」

「海軍の学校があるところ？」

「いや、アナポリスじゃない。インディアナポリスだ」

「それで？」

「大きなレースがあるところだ。自動車レースだ」

「七月四日に？」

「戦没将兵記念日だ」

「そう言ったのよ。七月四日でしょ?」いくらか眠そうな声だった。あるいは、この話題に興味がないのかもしれない。

「五月三十日だ。きみは記念日を混同してるよ」

「なあに?」そう言ってから、今度はもっとはっきり言った。「いったいなんの話をしているの?」

「インディアナポリスだ。戦没将兵記念日の五百マイルレースのことだ」

「それに出たの?」また眠そうな声になった。「あなた、レーサーなの?」

「いや」彼は言った。「ただの観客だ。ファンといってもいいだろう。インディアナポリスのこのレースは見る価値がある。チャンスさえあれば、必ず行くことにしていた。ある年、運よくメカニックと親しくなって、ピットに入れてもらったんだ。ピットってのは、車が給油や修理をしにくるところだ。おもしろいことばかりだった。たった三十秒でタイヤを交換する様子とか、エンジンの調子が悪くて飛びこんできた車が、あっという間に直って出ていく様子とかね。それに――」

「わかった、わかったわ。いったい何が言いたいの?」

彼女のことばを無視してハートはつづけた。「――彼らは、車がまるで生きものででもあるかのように、車にサーヴィスしている。それはすごく高いマシンだ。エンジンを見ただけで、とてつもないものだってことがわかる。そのスタミナといったら、なあ、あれがスタミナってものだ。疲れを知らない」

フリーダが口から煙を吐き出した。何も言わなかった。

ハートは言った。「だが、なかには気負いすぎるあまり、五百マイルのレースだということを忘れて飛ばしすぎるドライヴァがいる。そして百周を過ぎたころには、無理がきかなくなって故障してしまう。ときには、ピットでは直せないほど重大な故障になることもある。そうなったら、リタイアするしかない。それは惨めなものだ。赤ん坊みたいに泣いてしまわないように、ドライヴァは唇を嚙みしめている。だがもちろん、ほかの誰を責めることもできない。自分を責めるしかないんだ」

フリーダはしばらく黙りこんでいた。やがて、低い、だが完全に眠気のさめた声で言った。「条件を決めようとしてるの?」

「べつに、そういうわけじゃない」

「ねえ、いい」彼女は起き上がり、暗闇のなかでハートを見下ろした。「パーティ・ゲームみたいなことはやめましょうよ。何か言いたいことがあるんでしょ? さあ、話してちょうだい」

「その――」彼はことばを切り、効果的なタイミングを計って言った。「おれは何も壊したくない――」

「気をつけて、あなた」これは明らかな警告だ。苛性ソーダの缶を握っているのではないかと思った。「充分気をつけることね」

「できるだけのことはしてみる」

「笑わせようとしてるの? そうだとしても、あたしは笑わないわよ」

「なあ――」彼はまたタイミングを計り、その短い沈黙のあいだにタバコをひとくち吸った。「この話はやめないか?」

「いやよ」彼女は背筋を伸ばした。「この取り決めは永久的なものよ。はじめに、何もかもきちんと決めておきたいの」

「永久ね」ハートは考えこんでいるような顔をしてつぶやいた。「五百マイルよりずっと長いな」

「あなたなら生き延びられるわ。そのことは心配してないの」

「それだけじゃない。こっちの気持ちは決まってる。自分がどういう立場かもわかっている。だがきみの話を聞くと、決心がついていないように――」

「あたしが?」彼女の声にはがさつな女のなれなれしさが感じられ、耳障りだった。「あたしがアナポリスの話を持ち出したっていうの?」

「なあ、フリーダ」彼はさりげない口調で言った。「おれが言おうとしたのはきみの運転テクニックのことだ。そこからレーシングカーのことを連想したんだ。飛ばしすぎると故障するって話をね。あるいは、もしかすると――きみはわざとそうしてるのかもしれない」

「何を？」

「状況が悪くならないうちに、できるだけ手に入れようとしている」

「どういう意味？　あたしがあなたの心変わりを心配してる、って言いたいの？」

「いや、そういう意味じゃない」

「だったら、いったいどういう意味なの？」

「おそらく、きみは自分のことを心配してるんだと思う。きみ自身が心変わりするかもしれない、ってことをね」

「そして、あなたを見捨てると？」

「その可能性もある」

「でも、なんであたしがそんなことするっていうの？」彼女の声がやや低くなり、その調子には確信のなさが窺えた。「あなたが期待どおりの人だってわかっているのに、長いこと探してたものを手に入れたっていうのに、どうして手放すのよ？　何年も待って、やっとそれが目の前に現われたのよ。それがあたしのものになったいま、なんで手放さなきゃいけないの？」

「おれにはわからない。きみが話してくれるのを待っているんだ」

「ねえ、この話は苛々《いらいら》するわ」

「わかった。もう寝よう」

灰皿は床の上にあった。彼は二人分のタバコを灰皿でもみ消した。そしてベッドの片側に横たわり、頭を枕に落ち着かせた。フリーダは坐ったまま闇に目を凝らしていた。しばらくすると、彼女はタバコとマッチと灰皿を取ろうとベッドの端から手を伸ばした。

ハートはうとうとしていた。どこか深いところへ引きずりこまれるような、眠りに落ちるまえの心地よい朦朧とした感覚に身を委ねていた。すると、マッチを擦る音が聞こえた。彼は曖昧な笑みを浮かべて思った。気持ちを落ち着かせるにはタバコがいちばんだ。

まもなく、またマッチを擦る音が聞こえた。眠ってしまいたくなかったので、今度は目を開けていた。彼女がマッチを擦るこの音が気に入ったのだ。ベッドの頭のあたりに煙がたちこめ、吸いこむと煙の濃さに気づいた。フリーダは、長いことむさぼるように吸っていたにちがいない。

彼女がマッチを擦るたびにハートはその数を数えていた。いま彼女は五本目のタバコを吸っている。彼は思った。一本のタバコに七分から八分かかるとする。とすれば、フリーダはかれこれ四十分も悩み事を抱えてそこに坐りこんでいたことになる。タバコの吸い方からすると、彼女は問題の解決に近づいていないか、あるいはすでに答えを見つけたものの、その答えに満足できないのかもしれない。ひとつ確かなのは、それが彼女にとって喜びとはほど遠いものだったということだ。ここでひとつ言っておこう。チャーリーの言うように、彼女がおまえを心から好きになったということ、単にセックスの相手というのではなく、はるかに深いものを求めているというのは正しかったようだ。彼女はいわば本気になった、と思っていい。それは困ったことだ、いやこれでよかったのだ、いややはり困る、おい、心を決めろ、頼むぜ、方針をはっきりさせるんだ。そろそろハンドルから手を離したらどうだ、インディアナポリスのノース・ターンのように——それにしても、どうしてインディアナポリスの話なんか持ち出したんだ？ そのせいで面倒なことになってしまったじゃないか。そのうえそこから逃れようとしたおまえは、問題を彼女に預けたことでますます深みにはまった。彼女を窮地に追いこんだつもりでほくそ笑んだとき、壁際に追いこまれていたのはおまえ自身だったのだ。起き上がってタバコをくわえていなければならないのは、おまえのほうだったのだ。いま、彼女は六本目のタバコに火をつけようとしている——

しばらくすると、肩にフリーダの手を感じた。

「眠ってるの？」彼女が訊いた。

ハートは答えなかった。

「起きて」そう言って、フリーダは彼を揺り動かした。

彼はあくびをするふりをした。「いま、何時だ？」

「さあ、起きて。服を着るのよ」

「なんだって？」彼は眉をひそめた。時計に目をやると、四時十分過ぎだった。「冗談じゃないぜ。外はまだ暗いぞ」

「だからいいのよ」彼女は言った。「申し分ないわ」

ハートはゆっくりと起き上がり、まじまじと彼女を見つめた。フリーダがタバコに口をつけるとその先端が輝きを増し、平静とも狂気ともつかない彼女の表情が目に入った。

「急いで服を着ましょう。ここから出ていくのよ」彼女は言った。

12

フリーダは灯りをつけてベッドから出ようとしたが、ハートが彼女の手首をつかんで静かに言った。「待てよ。もう一度話し合おう――」

「話ならあとでするわ」彼女はもどかしげに顔をしかめ、ハートの手を振りほどこうとした。

だが、彼は手を離さなかった。「おれはいま話したい。行動するまえに、その理由を知りたいんだ」

彼女は目を閉じ、深々と息を吸った。「お願い」小声で言った。「これ以上ひどい目に遭わせないで。ただでさえ辛いんだから」

ハートは彼女の手首を離した。「話し合いが必要だ、フリーダ」ひとりで問題を抱えこまなくてもいいことをわからせようと、フリーダに微笑みかけた。そして彼女ににじり寄り、その肩に手をかけた。「どうしたんだ？ 出ていくって、どういうことなんだ？」

「出ていくのよ。ただ、それだけ」

「だが、どうして？」

「だって」彼女は言った。「怖いのよ」

「チャーリーが？」

「いいえ、チャーリーじゃないわ」じっと坐ったまま、まっすぐ前方を見据えていた。「怖いのはあたし自身なの。あたしが、あることをしてしまいそうで怖いのよ――」

「おれにか？」

「あたしたち二人によ」フリーダは彼に目を向けた。「そのことは考えないようにしていたの。もう少しで頭から追い出すことができそうだったのに、あなたがレーシング・カーの話なんか持ち出したのよ。あたしがドライヴァで、あなたがエンジン。あなたが言ったように、あたしはいま行けるところまで行こうとする。それは先のことがわからないからなの。自分に自信がない、ってことよ」

ハートは無言だった。

「あたしが言いたいのは、あたしが自分自身を信用していない、ってことなの。しゃべってしまいそうで怖いのよ」

彼はからだをこわばらせた。

「ニューオーリンズのことよ。あなたがチャーリーにした話。あなたがお兄さんを殺したのはお金のためだって。でも問題は、それがお金のためじゃなかったってことよ」

緊張が高まった。冷たい鉄の鉗子で挟まれ、締めつけられているようだ。

「お金のためじゃなかったってことはわかっているのよ」彼女は言った。「本当の理由はわからないけど、ひとつ確かなことがあるわ。経済的な問題じゃないってことよ。今日キッチンで、話がニューオーリンズとお兄さんのことになったときにわかったわ――」フリーダは深々と息を吸った「――あなたの顔色を窺っていたの」

彼の手がタバコに伸びた。もう一方の手はマッチに。両手で何かをせずにはいられなかった。

「そこよ。そこにあたしたちの問題があるの。殺したのがお金のためじゃないとすれば、あなたはプロフェッショナルとはいえない。そしてあなたがプロじゃないってチャーリーに知れたら、どういうことになるかわかってるでしょ」

彼はタバコに火をつけようとしたが、なぜか火がつかなかった。

「この家を出るのよ」フリーダが言った。「あたしがチャーリーに言ってしまうまえに出ていくのよ」

マッチが消えた。ハートは別のマッチを擦り、タバコに火をつけた。「きみがそんなことをするなんて信じられない」

「そうかしら？　あなた、何か忘れてるわ。あたしはチャーリーから給料をもらっているのよ」

彼は眉をひそめた。「もう一度考え直してみよう。さっきの話はそっちが一方的に決めたことだ」

「いいわ、どうせ同じことだと思うけど――あたしは長いことこの世界で生きてきたの。考えないで行動するのが癖になってるのよ――人がレヴァーを引くと機械が動きだすみたいに。チャーリーが何か訊いたら、あたしはそれに答えるの――」

ハートは、優しく微笑んで首を横に振った。「おれはそうは思わない。きみは大袈裟に考えすぎている」

「問題はほかにもあるわ」彼女の声が低くなり、舌がもつれた。「あたしは女よ」

彼女は、ハートがこのことばを理解するのを待った。

「それはこういうことなの――女が男を本気で好きになったら、彼女のなかで何かが起こるの。それが何かははっきり説明できないけど、狂気に近いものだわ。こういう状態になった女は、自分のすることに責任がとれないのよ」

「いいか」ハートは軽く笑ってみた。「そんなに悪いことじゃないはずだ」

「そう思う？」彼女は笑い返したが、引きつった笑いはうめき声に近かった。「あなたにわかってもらうことができたらいいのに。ただひとりの人を愛する気持ちになったとき、女がどんなふうになるか。あたしをよく見ていれば、それが病気みたいなものだということがわかるわ」

「どんなふうに？」

「わからないわ。わかっているのは、あなたのせいでおかしくなってしまった、ってこと。あなたはあたしを夢中にさせるわ。あなたがほしくてたまらない――」彼女は一気にしゃべり過ぎてことばを詰まらせた。そして呼吸を整え、またもとの口調に戻ろうとした。「あたしたちにいちばん必要なのは、いつもそういう状態でいることなの。もしそうでないと思うようになったら、あたしは気が狂うわ、きっと」

ハートは独り言を言った。「冗談じゃなさそうだ」

「わかってもらえてうれしいわ」フリーダはそう言い、花びらのように柔らかい愛情と岩のように硬い警告の入り混じった目で彼を見つめた。警告はこう言っている。用心することね、あなた。少しでもあたしから離れるそぶりを見せたら、チャーリーの耳に何か吹き込むわよ。だが警告はすぐに薄れ、愛情だけが残っていた。彼女はまたハートの腕にしがみついた。「安全策をとるのよ、そうすれば、そんなことにならないわ。ここから逃げるのよ。チャーリーからも、ほかのみんなからも。二人きりで列車に乗ってどこかへ――」

「だめだ」ハートが言った。

「どうして？」フリーダの指が彼の腕に食いこんだ。「なんでだめなの？」

「警察だ」彼は肩をすくめた。「きみだって知ってるじゃないか。いま、旅行なんかできない。監視の目が多すぎる」

「それをすり抜けるのよ。何か方法があるはずだわ」

ハートは首を横に振った。「無理に決まってる、フリーダ。やつらはこのフィラデルフィアまでおれを追ってきたんだ。当然、すべての駅やバスの発着所に警官がいる」

「海岸よ」そう言って、彼女は指を鳴らした。「海岸沿いに友だちが何人かいるわ」

「それは好都合だ。問題は、海岸はこういう場合に警察がとくに目をつける場所だということだ。埠頭という埠頭が警察に見張られているだろう」

彼女は苦笑した。「喜ばなくちゃいけないわね。有名人とベッドにいるんだから」

「そう、このところ人気者でな」

「ねえ、ニューオーリンズのことを話してよ。どうしてお兄さんを殺したの？」

ハートは肩をすくめた。

「ねえ、話して」

彼はまた肩をすくめた。

「なんで話してくれないの？」

「過ぎたことだ」彼は独り言を言った。

「つまり、話せないから放っといてくれってこと？」

「そんなところだ」ハートは彼女に目を向けていなかった。

フリーダの声がした。「ねえ、あなた、話はまだ終わってないわ。途中でそっぽを向かないでよ」

「聞いてるよ」

「もっと近くへ来て。そうすればもっとよく聞こえるわ」

彼女に近づくと腿が触れ合ったが、ハートにはその感触がなかった。この部屋にあるものは何も感じず、何も見えなかった。彼はニューオーリンズのことを考えていた。

フリーダが彼の腰に腕を回した。彼女の指がハートの脇腹をまさぐった。「とにかく、警察に関してはあなたの言うとおりね。とすると、この家を出ることはできないし。ここで立ち往生ね」

彼は苦労してやっとニューオーリンズのことを頭から払いのけた。そしてフリーダに目を向け、あきらめたようなしぐさをして言った。「成り行きにまかせよう」

「そうね。気を揉んでもどうにもならないわ」

ハートは彼女の顔を見てにんまりした。「そういうことだ」

「確かに」彼女は言った。「先のことなんて誰にもわからないもの。だったら、心配してどうなるの？　ここにいるあいだ、せいぜい楽しむことね」

「そのとおり」彼は言った。「その調子だ。きみはうまくやってるよ」

「本当にちゃんとやれてる？」だがフリーダはすぐに目を固く閉じ、彼の脇腹から手を離して独り言を言った。「これがただの遊びだと思うことができたら、そう自分に信じこませることができたらいいのに――彼を、このろくでもない男を、こんなに愛してしまわなければよかったのに――」

「なあ」彼は優しく遮った。「その話を蒸し返すなよ」

「ねえ、聞いて――あの音――下だわ」

「何も聞こえないぞ」

「ほら、耳を澄ましてみてよ」

今度は彼にも聞こえた。押し殺したような泣き声だ。それにつづく音は、椅子がひっくり返ったのだろうか？　そして、また泣き声がした。

彼はベッドから出てズボンに手を伸ばした。

「だめよ」フリーダが言った。「かかわらないことよ」

階下から、マットーネの怒鳴り声が聞こえてきた。「もっとやってほしいか？　やってやる――」そして大きな音がし、マーナはまた悲鳴を上げた。

「だめだってば」フリーダが大声で言った。「戻ってきて」

ハートは部屋を飛び出した。

13

階段を半分ほど下りると、リヴィングルームに三人の姿が見えた。マーナは床に坐って両手で顔を覆い、パジャマ姿のマットーネがそれを見下ろすように立っている。固く結んだ唇には執念深さが表われ、目は楽しんでいるように見えた。二脚の椅子がひっくり返り、電気スタンドが落ちていた。そしてソファには、やはりパジャマを着たリッツィオが頬を押さえて坐っていた。

その場の状況を見てとり、一瞬いぶかしく思ったハートだったが、すぐに玄関の近くにある開いたスーツケースが目に入った。中身がいくつか飛び出し、スカートやブラジャーやハイヒールが見える。ハートはゆっくりと下りていった。

マットーネが彼に気づいて目を上げた。「ベッドへ戻れ。おまえには関係ない」マットーネは言った。

「どうしたんだ？」ハートは穏やかに訊いた。

リッツィオが顔から手を離してひっかき傷を見せた。「いかれてるぜ、その女」彼は言った。「こんなふざけた真似をしようなんて、どうかしてる」

マーナは立ち上がろうとしていた。もう少しで立てるところだったが、横ざまに倒れてしばらく起き上がれなかった。やがてもう一度試し、今度は立ち上がることができた。唇の端から、赤いものがひとすじ流れている。彼女はじっと立ったまま、スーツケースを見つめていた。彼女がスーツケースのほうへ歩きだすと、マットーネが腕をつかんだ。

「もっとやられたいか？」

「離してよ」マーナは力なく言った。「ここから出ていくわ」

「完全にいかれちまったぜ」リッツィオが言った。「チャーリーを起こしたほうがいい」

「チャーリーなんか呼ぶまでもない」マットーネが言った。「おれに任せておけ」

マーナは、マットーネから逃れようとしてもがいた。マットーネが彼女の腕を後ろ手にねじ上げると、マーナは膝をついた。彼女の顔は蒼白だが、無表情だった。どうして泣かないのだろう？　ハートには不思議だった。マットーネは本気で彼女を痛めつけている。マットーネの足下にひざまずく彼女は、ひどく儚《はかな》げで無力に見えた。

「こうすればいい」リッツィオが言った。「ロープを持ってきて縛り上げよう」

「いや」マットーネが言った。「その必要はない」

「だが、どうにかしないと」リッツィオはぶつぶつ言った。「早くすませてベッドへ戻りたい」

マーナがまたもがき、マットーネはさらに力を入れた。腕を肩胛骨のあいだまで引き上げられ、彼女は頭を深く垂れた。

「すぐに正気に戻るさ」マットーネが言った。「自分がまちがいを犯したことはわかってるんだ。二度と繰り返さないだろう」

「確信があるのか？」ハートが訊いた。

「もちろんだ」マットーネはハートに目を向けた。「今夜は打ちのめされている。これ以上面倒は起こすまい」

「だったら、なぜ腕を離さないんだ？」

「おまえに関係あるのか？」

ハートは肩をすくめた。「彼女の腕を折ってもなんにもならないぞ」

「おれが折りたいと言ったら？」

ハートはまた肩をすくめた。「そういう口のきき方をしても無駄だ」

「それはおまえの考えだ」マットーネが言った。「そうしたいと思ったら、おれは首だって折ってやる」

「いや、そんなことするもんか」ハートが言った。彼は、なぜ自分が階段を駆け下りたかに気づきはじめていた。

マットーネは言った。「いいか、ジミー・ボーイ。おれを怒らすなよ。今夜はもう充分苛ついて堪忍袋の緒が切れそうなんだ」

「わかった、それもそうだろう。だが、彼女は痛がっている。彼女の腕を離してやるべきだと思うが」

「おまえがどう思うかなんて、くそ食らえだ」マットーネはハートから目をそらし、いまはもがくのをやめておとなしく腕をつかまれているマーナを見下ろした。彼はしばらく何もしなかったが、やがて歯の隙間から音を立てて息を吸いこみ、彼女の腕を乱暴に引っ張った。彼女は獣のような悲鳴を上げ、その声が釣り針のように深々とハートに突き刺さると、ハートはその釣り針に引っ張られるかのようにマットーネに突進した。ハートの右こぶしが宙を飛び、マットーネのこめかみを打った。マットーネはマーナを離してよろめいたが、すぐに体勢を立て直してにやりと笑った。「わかってるか？　そう来るのを待っていたんだ」マットーネは言った。

ハートは背の高いハンサムな元ライトヘヴィ級ボクサーに笑い返し、元ボクサーはすでに両腕をゆっくり持ち上げていた。右手を高い位置に構え、左手はフェイントでもリードブローでも繰り出せるように緩め、両脚は完全にプロのスタンスをとっている。マットーネは足を踏み出した。

「やめろ、頼むから、やめてくれ――」リッツィオが勢いよくソファから立ち上がり、マットーネのパジャマをつかんだ。だがマットーネがうしろに突き出した肘が胸に当たり、彼はソファまではね飛ばされておろおろしながら坐りこんだ。

マットーネがまたじわじわと前に出てきた。

ハートは後退し、片側へ身をよけながら、手近に花瓶か重たい灰皿のようなものはないかとあたりを見回した。マットーネの声がした。「おまえを片づけるには一発で充分だが、そんなに簡単に終わらせるつもりはないからな」そのうえ、近くには花瓶も灰皿もない。それどころかマットーネが右手を繰り出し、それが危うくハートを捕らえそうになった。ハートは頭を退いてそれを避け、両手を上げてディフェンスの構えをとった。彼の顔から笑みが消えて目が据わり、マットーネが「まずはじめに歯の治療をしてやろう、ジミー・ボーイ。おまえの前歯は数が多すぎるぜ」とつぶやいても瞬きひとつしなかった。マットーネはまた左のジャブを出してきた。スピードのある巧みなジャブだったが、それを予測していたハートは右手ではねのけ、からだを低くしてマットーネのボディにフックを決めた。

「ううっ」マットーネが声を漏らしたが、それはうめき声というよりちょっとした驚きの声に過ぎなかった。「しゃれたことをやるじゃないか。手応えがありそうだ。こういう小生意気なやつはいつでも大歓迎だ。おおいに楽しませてくれるからな」

マットーネがまた前に出た。ハートは今度も左右への軽いフットワークで立てつづけに繰り出されるジャブと顎を狙った右の一撃をかわした。やがて、マットーネは彼の動きを読んでボディに短い左フックを打ちこみ、これをまともに食らったハートはからだを二つに折り、側頭部への右パンチと胸部へのフックをつづけざまに受けた。このままでは勝ち目はない、半殺しにされてしまう、彼はそう思った。目をめがけてうなりを上げて飛んでくる左をどうにかかわし、頭を狙うフックを低く身をかがめてやり過ごし、ハートは左こぶしをマットーネの鳩尾《みずおち》に叩きこんだが、すぐにマットーネの長い左パンチが彼の頭蓋骨の側面にぶち当たって色とりどりの火花を散らした。彼は考えていた。問題は動き回るだけの広さがないことだ、規定のリングよりはるかに狭い。彼はまたにやりと笑い、その笑みはマットーネを素通りして、悲しげに首を振りながら坐っているリッツィオと床に坐ったまま腕をさすっているマーナに届いた。階段に足音が聞こえた。やめて、というフリーダの声がしたかと思うと、マットーネの右手が彼の額に飛び、緑と黄色と紫の明るい光が頭のなかでぐるぐると回りはじめた。倒れたほうがましだ、彼はそう思った。だが、床に倒れてもマットーネが攻撃をやめないことはわかっていたので、立ち上がろうとしてマットーネの腰にすがりついた。

マットーネはハートを突き放し、胸に軽いジャブを与えて彼を立たせると、右手で攻撃をしかけてきた。狙っているのは顎ではない、目を狙っている。彼のパンチが飛んでくるのを見てハートは瞬間的に考えた。やつはおれの目を潰し、そのあとで鼻を潰し、最後に口をやるつもりだ。結局、おれの顔をめちゃくちゃにするまではやめる気がないのだ。だがどういうわけか、こぶしは届かなかった。半ば意識を失いながら、ハートはぼんやりと考えていた。もう少しで届くところだったパンチを、なぜマットーネは止めたんだろう？　何度か瞬きをすると、離れていくマットーネとその横顔が目に入った。むろん、どういうことかぴんときた。階段のほうに目をやると、フリーダのうしろにチャーリーが立っていた。二階の廊下から漏れてくる黄色い光が、チャーリーのバスローブの光沢のある布地を柔らかく照らしている。チャーリーは片手をバスローブのポケットに突っ込み、もう一方の手で銃を構えていた。

銃はとくに何を狙っているというわけでもなかった。それはチャーリーの支配する武器というより、ただ手持ちぶさたなので持っているブライアー・パイプのようだった。彼の目の下には隈《くま》ができていた。だが、それを除けば気分が悪そうでも、だらしなくも、疲れたようでもない。彼は完全に目を覚まし、堂々として落ち着いた様子だった。

「なあ、チャーリー――」マットーネが言った。

「待ってろ」チャーリーは、マットーネには目もくれずに言った。フリーダの横をすり抜けて階段を下り、カーペットを横切ってマットーネの前を通り過ぎた。そしてリッツィオの横に腰を下ろし、ゆっくりと部屋のなかを見回した。ひっくり返った椅子、しわの寄ったカーペット、近くの床に膝をついている女、開いたスーツケース、そして目の前に立って鼻で荒い息をしているマットーネ。彼はハートには目もくれなかった。

「なあ、チャーリー、聞いてくれ――」マットーネが言った。

「黙ってろ」チャーリーが言った。「おまえの話は聞き飽きた。今度口を開いたら、膝を撃ち抜くからな」「彼は本気階段に立っていたフリーダが早口で言った。よ、マットーネ。お願いだから黙っていて」

チャーリーがリッツィオに言った。「話してみろ」

「ああ」リッツィオは話しだした。「おれがぐっすり眠っていると、マットーネがおれを起こして、階下《した》で何か物音がするって言うんだ。マットーネが階段を駆け下りたので、あとを追うと、やつがマーナに追いついたところだった。彼女はあのスーツケースを持っていて、散歩やなんかじゃないことがわかった。マットーネが捕まえると彼女が振り払ったので、今度はおれが捕まえたら、おれの顔にこんなことをしやがった。それでやつがまた捕まえたんだが、彼女が言うことを聞かないので、おとなしくさせようとして少し手荒な真似をしたんだ。そうしたら、アルが彼女を離してやれと言ったので、殴り合いがはじまって――」リッツィオは肩をすくめた。

チャーリーは銃をバスローブのポケットにしまった。そして、人差し指をゆっくり下唇に滑らせた。彼はおもむろにマーナに向き直って言った。「立つんだ」

マーナは動かなかった。

「頭のせいだ」リッツィオが言った。「この女は頭がおかしいんだ」

「一杯飲ませてやれ」チャーリーが言った。

「いやよ」マーナは言った。「お酒なんかいらないわ」

「いったいどうしたんだ？」チャーリーが訊いた。

「べつに」彼女は答えた。「出ていきたいだけ、それだけよ」

「それはできない」チャーリーは穏やかに言った。「そんなことを許すわけにいかないのはわかっているはずだ」

「ええ」彼女の声からは何も読みとれなかった。「わかってるわ、チャーリー。こんなことをするべきじゃなかった。二度としないわ」

「そう願っているよ」チャーリーは囁くように声を潜めて言った。

「またやるに決まってる」マットーネが言った。

チャーリーは目を閉じた。「お願いだ、マットーネ。静かにするように、こうして頼んでいるんだぞ。自分がいまにも撃たれるかもしれないということが、わからないようだな」

マットーネの口がへの字になり、真一文字になり、またへの字になった。目が潤んでいる。彼は涙をこらえようとしたが、ついに涙が溢れて頬を伝い落ちた。「いつもおれを責める。なんでおれを責めてばかりいるんだ？」

「おまえは物事をめちゃくちゃにする名人だからだ」チャーリーは彼に言い聞かせた。「いつも状況をめちゃくちゃにする。物事をどう扱えばいいか教えようとしたが、おまえは聞く耳を持たない」

「おれは自分で考えたとおりに――」

「ばかを言うな、おまえが考えたことなんか役にも立たない。おまえには役に立つということの意味がわかっていない。おまえにとって、それは腕力だ。腕力しかない。おまえの失敗は、ボクシングをやめたことだ。おまえに向いているのはボクシングだけだ。腕力のあるところを示すことができるからな」

マットーネは、涙を流しながら無言で立ちつくしていた。

「いまここで、腕力のあるところを見せたらいい」チャーリーは言った。「さあ、腕力を使って椅子を元どおりにするんだ。この部屋をきちんと片づけろ」

「チャーリー、おれにこんな仕打ちをしないでくれ――」

「いや、するさ」彼はひっくり返った椅子を指した。「椅子を元に戻せ」

マットーネは動こうとしなかった、いや、動けなかったのかもしれない。フリーダが急いで階段を下りた。「あたしがするわ――」

「だめだ」チャーリーが言った。「彼がやる」

「おれが？」マットーネの声がか細くなった。

「そうだ、おまえがやるんだ」チャーリーはこう言い、その話はもう打ち切りだというようにマットーネから目をそらした。マットーネはひっくり返った椅子のほうへ歩いていった。部屋はまた静かになった。聞こえるのは、マットーネが椅子を元に戻し、カーペットをきちんと元どおりにする物音だけだった。しばらくすると、リッツィオが伸びをしてあくびをし、眠そうな声で訊いた。「おれに用は、チャーリー？」チャーリーは首を横に振った。リッツィオはもう一度あくびをしてソファから立ち上がり、部屋を突っ切って二階へ向かった。フリーダがハートに言った。

「さあ、終わったわ。ベッドへ戻りましょう」チャーリーが言った。「いや、フリーダ。彼にはここにいてほしい。彼と話がしたい」フリーダが訊いた。「あたしも？」チャーリーは言った。「いや、おまえは二階へ行って少し眠るといい。彼もすぐに行く」そして、マットーネに言った。

「よし、カーペットはそれでいい」マットーネは彼から目をそらし、皮肉をこめて言った。「床を洗わなくていいか？」

「いや」チャーリーは言った。「おまえの顔を洗え。二階へ行って顔を洗ってベッドに戻れ」

マットーネはフリーダについて二階へ上がった。マーナが床から立ち上がり、のろのろとスーツケースを詰め直していた。それを終えると、スーツケースを階段のほうへ運んでいったが、チャーリーが彼女を呼び止めた。「ちょっと待て、マーナ。もう少し、ここに坐っていてくれ」

彼女は階段の昇り口にスーツケースを下ろした。そしてソファに近づき、チャーリーの横に腰を下ろした。

ハートはアームチェアに坐った。ズボンしかはいていなかったので寒気がした。ここはひどく寒い、彼は独り言を言った。何か、胸と肩を覆うものがほしかった。そして、そのことに集中しようとしながら言った。「おれから説明しよう、チャーリー。彼女がこんなことをしたのはおれのせいなんだ」

「彼女の話を聞こう」チャーリーが言った。

マーナは何も言わなかった。

チャーリーは彼女に目をやった。「おれは、おまえを助けようとしている、マーナ。おまえを助けるためなら、できることはなんでもする」

　彼女はじっと坐ったままカーペットを見つめていた。希望のない目をし、まるで駅舎に坐りこんだ迷子のようだった。

　チャーリーが彼女の肩に手を置いた。「話してくれなかったら、助けてやれないじゃないか。話すんだ。打ち明けてくれ」

「できないわ」彼女は言った。

「やってみるんだ」チャーリーは優しく促した。

　マーナは大きなため息をついた。そして口を開こうとしたが、何も言えなかった。

　チャーリーが言った。「マーナ、おまえのことが心配でたまらないんだ」

「わかってるわ」彼女は首を垂れた。「ごめんなさい、チャーリー。本当に悪かったと思ってる――」

「この家出のことだが、またやるんじゃないかと心配している。それに、この次は成功するかもしれない。そうしたら、警察に捕まって――」

「なんで？　あたしは指名手配されてないわ」

「そう思うか。何度も容疑者として引っ張られたのを忘れてるぞ。まあいい、あのときはおまえも、何をどうしゃべったらいいか心得ていた。だが、いまはちがう。おまえは混乱していて、警察の尋問をかわすことはできまい。そして自分でも気づかないうちに、何もかもしゃべってしまうだろう」

「そんなことしないわ、チャーリー。あなたにそんなことするわけないじゃない」

「正常な精神状態だったらそうだろう。だが、いまのおまえは自分がわかってない。ふつうじゃないんだ」

　マーナはスーツケースを見つめた。

　しばらく静寂がつづいた。やがてチャーリーが穏やかに口を開いた。「わかるな、マーナ？　危ない橋を渡るわけにはいかないんだ。もしおまえが正気に戻らないなら、厄介払いしなくちゃならない」

「つまり――死ねってこと？」

チャーリーは彼女の肩から手を離した。彼は無言だった。

「そうなのね」彼女は言った。「あなたはあたしに死ねって言ってるのね。そうしたら、死体を始末しなくちゃならなくなる。兄と同じところへ行くのね。地下室へ下りて暖房炉のなかへ」

ハートは考えていた。これは現実に起こっていることなんだ。チャーリーの顔を見てみろ。彼がソファから立ち上がり、ポケットから銃を取り出すのを見ろ。そして彼女を見ろ。なんてことだ、彼女を見てみろ、彼女は瞬きひとつしていない。

「さあ、マーナ？」チャーリーの声は完全に事務的だった。

「どうする？」

マーナはチャーリーに微笑みかけた。「あたしに言えるのは、すべてに感謝しているってことだけよ。あなたはあたしにたくさんのことをしてくれたわ、チャーリー。あたしにもポールにも、すごくよくしてくれたわ」

チャーリーは、彼女から数フィート離れて立っていた。銃口が彼女の頭に向けられている。彼女は笑みを浮かべたまま、身じろぎもせずに坐っていた。ハートはこの部屋に冷え冷えとしたものを感じたが、それは戸外の天気とは無関係だった。冷気の源はチャーリーの冷酷さだ。チャーリーはまさにプロフェッショナルだ。だから、アウトローの掟による厳しい教義に従って行動するのだ。彼が銃を向けるのは、取り除かなくてはならない障害物だけなのだ。

ハートは思わず口を開いた。「待て、チャーリー」

「だめだ」チャーリーが言った。「おれは彼女を立ち直らせようとしたが、できなかった。だから彼女はもうだめだ。おまえには彼女がだめだということがわからないのか？」

「まだ、いまのところはな」ハートはそう言い、椅子から立ち上がった。ゆっくりと、だが、チャーリーが引き金を引くまでの時間を稼ごうとして大きな音を立てた。

「どうしたんだ？」チャーリーは彼のほうを見ずに訊いた。

「いったい何をしてる？」

「べつに」ハートは言った。「ただ、ほかの方法があるんじゃないかと思ってね」

「どういうことだ？」チャーリーは、プロ同士の話し方で訊いた。「ナイフでも使おうってのか？」

「彼女を正気づかせる別の方法があるということだ」

チャーリーは彼を見つめた。

「彼女に銃を渡してくれ」ハートは言った。

チャーリーはややたじろぎ、眉を寄せた。

ハートはマーナに目をやった。「銃をくれと彼に言えよ。おれを撃ちたいと言うんだ」

マーナは目を閉じ、身震いをした。

「わかったか？」ハートはチャーリーに言った。「彼女は、おれから逃げるために家を出ようとしたんだ。ポールを殺したこの男からだ。彼女は考えたんだ。ここにいたら、おれを殺す方法が見つかるにちがいない。彼女はおれを殺したくない。だが、殺したいとも思っている。シーソーに乗ってるようなものだ。彼女をそこから下ろす唯一の方法は、彼女に銃を渡して、いまここで決心させることだ」

チャーリーはまだ眉をひそめていた。「ひょっとして、弾が入ってないとでも思っているのか？」

「弾が入っていることはわかっている」

「すると、本気で一か八かの賭けをするつもりなのか？」

ハートは頷いた。

「たいしたギャンブラーだ」チャーリーが言った。

「賢いギャンブラーとはいえない。好奇心が強いだけだ。いまのおれは好奇心の塊なんだ」

チャーリーはぎこちない笑い方をした。「猫がでてくることわざは何だったかな？」

「ああ、好奇心が猫を殺す、ってやつだろ」

「ところで」チャーリーは言った。もう笑ってはいなかった。「ひとついいことがある。おれはもう用がなくなった」

チャーリーはトリガー・ガードに指を通して銃をくるく

る回し、銃身をつかんで銃床をマーナに差し出した。彼女はまた身震いをし、手を伸ばしてチャーリーから銃を受け取った。彼女はそれを見つめ、震える手で握りしめると、ハートに狙いをつけた。

14

ハートはそこに立って銃弾を待っていた。それは三八口径で、胸の上部か、ひょっとすると喉へ撃ちこまれるはずだった。彼女の目はそのあたりを見据えていた。彼は思った、マーナの表情は冷静そのものだ。頭のなかには、彼の息の根を止める場所に銃弾を撃ちこむことしかないようだ。いや、それはおれの思いちがいだ、彼は自分にそう言い聞かせようとした。もしかすると、マーナは彼を見ていないのかもしれない。自分の心のなかに目を向け、それを整理しようとしているのかもしれない。まあ、いずれにしても、早く片をつけてほしかった。待つことがこれほど辛いものだと思ったことはなかった。だが、彼女に銃を渡すようチャーリーに言ったことは後悔していなかった。

これは厳密には自殺ではない、彼はそう思った。むしろ、いけにえの儀式に似ている。事故を起こしやすい者がいるように、いけにえになりやすい者がいる。何かを目にするとそれに心を引かれ、やがてそれを崇拝するようになる。すると、不意にマンドリンの音が聞こえ、木々のあいだから月光が射している光景が目に浮かぶ。それは論理やはっきり示すことのできるものとは無縁で、むしろ神秘的だとされるべきものだ。おまえは純粋に神秘的な理由で犠牲になろうとしている。もし彼女がおまえの死を望むなら、おまえは喜んで死を迎えるだろう。そしてもうひとつわかっているのは、待つことが辛いのは、彼女の痛みがまるで電線を伝う電流のように伝わってくるからだということだ。彼女の目を見ろ、ああ、くそっ、彼女の目のなかのものを見るんだ。

　彼女は銃を下ろした。

「撃たないのか?」チャーリーが言った。

　彼女は答えなかった。彼女の膝に銃があった。チャーリーが手を伸ばしてそれを取った。彼はマーナのそばに立ってしばらくその顔を眺めていたが、やがて銃をバスローブのポケットに入れ、ハートのほうを向いて言った。「彼女はもうだいじょうぶだろう」

「もちろんだいじょうぶだ」

　彼女はハートに微笑みかけていた。それは曖昧な笑みだった。「あたしの考えていることがわかる?」

「ああ」ハートは言った。「わかるよ」

「彼女はおまえに感謝してるんだ」チャーリーが言った。「気が晴れたので、礼を言いたいんだ」

　ハートは心のなかでチャーリーに言った。おまえは半分もわかってない。これっぽっちもわかっていないんだ。

「これで、彼女はおまえのことが気に入るだろう」チャーリーが言った。「おまえたちは友達になるんだ。そうだな、マーナ?」

　彼女はゆっくり頷いた。だが、それはチャーリーの質問への答えではなかった。彼女自身が問いかけたことへの同意のしるしだった。

　チャーリーが言った。「さて、あとはもう少し眠ることだ」

「おれは眠くない」ハートが言った。

「あたしも」マーナがつぶやいた。「しばらくここに坐って話をしていたいんだけど」

「彼とか?」チャーリーが訊いた。

「ええ、そうよ。あなたさえよければ」

「それはいい」チャーリーは微笑んだ。「楽しいおしゃべりでもして、いい友達になるんだな」

「お願いがあるの、チャーリー」

「いいとも、マーナ。なんなりと」

「スーツケースを二階へ運んでくれる?」

「お安いご用だ」チャーリーはそう言い、向きを変えて階段のところへ行くとスーツケースを手にした。彼は階段を上りはじめたが、途中で足を止めてハートに目を向けた。「何か着たほうがいいぞ。この家には火の気がない、風邪をひかれたくないからな」

「おれなら大丈夫だ」

「いい体調でいてほしいんだ。おまえは大事な財産だからな」

「マットーネはそう考えてない」

「マットーネは何も考えていないんだ」チャーリーは微笑んだ。「マットーネのことは気にするな。いまは何も心配するな。おまえはよくやっている」

「ありがとう、チャーリー。だが、言うには及ばない。おれは何も心配していないんだからな」

「それはないだろう」チャーリーはくすくす笑った。「心配でたまらないくせに」彼はポケットの銃を叩いてみせた。「ここにあるこの道具に震え上がったはずだ。だが、それを隠している。そこがおまえのいいところだ」

　ハートは考えていた。やはり、フリーダはまちがっていたのかもしれない。この男だってただの人間だ、騙されることもあるだろう。彼は言った。「フリーダに、すぐ戻る、と言ってくれ」

「いいとも」チャーリーは言った。「だが、あまり長く待たせるなよ」

「わかった」

　チャーリーは二人の顔を見て満足げに微笑み、階段を上っていった。二階の足音と、ベッドルームのドアを開け閉めする音が聞こえた。ハートはなおも耳を澄ませたが、二階からは何も聞こえなかった。このひんやりと心地いい一階にひきかえ、二階は寒く死んだように静まり返っている。ハートには二階がひどく遠いものに感じられた。

　彼はソファに近づき、マーナの横に腰を下ろした。彼女に触れているわけではないが、触れているより深いものを感じる。ハートは彼女に語りかけるような目を向けて言った。「どういうことか、わかるか？」

「ええ」彼女は答えた。「でも、どうしてこうなったのかしら？」

「理由なんかない」

「こうなるような気がしてた。あたしにはわかっていたし、あなたもね。二人とも、わかっていたんだわ」

「なんかおかしいな」

「でも、笑うようなことじゃないわ」

「もちろんだ。喜劇とはちがう」

「つまり、はじまりはおかしいけど、現在の状況は深刻だ、ってことね」

「そのとおり。とても深刻だ」

「これから、どうするの？」

「わからない。きみに何か考えがあるか？」

　彼女は首を横に振った。

「よし」彼はつぶやいた。「考えてみよう」

「無理よ。いまは何も考えられないわ」

「おれもだ。まったくどうしようもない」

「ところで、こんなことはまえにもあったの？」

「いや」

「あたしもよ」

「それはまるで――」

「まるで――」

「いや、口では説明できない。説明することなんてできないんだ」

「たぶん、歩いていたら突然カミナリに打たれた、そんな感じね」

「ちがう、それは悲観的なことだ。これには悲観的なところなどぜんぜんない」

「いいことだっていうの？」

「痛いくらいいいことだ」そう言ってハートは彼女に笑いかけた。「痛みを感じないか？」

「ええ、ひどい痛みを感じるわ。でも、それが素晴らしいの」

「どこが痛いんだ？」

「からだじゅう、どこもかしこもよ」

「これは現実のことだ。そうとしか考えられない。起こるべくして起こったこと。そして永久につづくんだ。おれたちは、決して失うことのないものを手に入れた。たとえ死が訪れても失うことのないものだ」

「死の話はしないで」

「話したっていいじゃないか。いまとなっては、たいしたことじゃない。それは単に骨や皮の問題だ。おれたちはもうそんなものは超越してしまった」

「ええ、そのとおりよ。でも、お願い、死の話はやめましょう」

「わかった」彼は言った。「話題を変えよう。音楽の話をしよう。マンドリンの音は好きか？」

「あなたが好きなら」

「それなら、この問題は片づいた。ここからは月明かりの話だ。木々のあいだから漏れてくる月明かりを見るのは好きか？」

「ええ、とても好きよ。いま、それが見えるわ」

「そうだ、二人にはそれが見える。おれたち、すごく芸術的になってると思わないか？　ほかの面ではどうだろう？

科学に関係あるもの、たとえば飛行機なんかを試してみたら」

「あたしたち、いま空を飛んでるわ」

「ああ、確かに飛んでいる」

「上昇してるわ、高く、高く」

「エンジンの音が聞こえる？」

「いいえ」彼女は言った。「マンドリンの音だけ」

物音ひとつしない部屋で、ハートにはマンドリンの音が聞こえてきた。彼女に目をやると、ソネットのフレーズが彼の心に染み通った。目の前にいるのは、感じはいいがとくに美しいわけでもない顔をした小柄で痩せた若い女だ。彼女の灰紫色の目には何か独特の雰囲気があり、漆黒の髪にはキャンヴァスに写そうとしても写しきれない柔らかな光沢がある。

だが、彼女を見るために目は必要なかった。ハートが見ているのは、彼女の顔やからだではない。それは彼女から送られてきたもの、無意味な日々を過ごした長い歳月を通して彼がずっと待ちつづけてきたものだった。

彼は何か言おうとした。が、二階からの声にさえぎられてしまった。フリーダだった。大声で彼を呼んでいる。

「あたし、待ってるんだけど、アル。あなたを待ってるのよ」

15

沈黙がつづいた。断崖から落ちるのに似ていた。

すると、またフリーダの声がした。「ねえ、アル。上がってきてよ」

ハートは目を閉じ、額に手を当てた。

「来るの？」フリーダが声を張り上げた。

くそっ、彼は心のなかでつぶやいた。

「返事をしたほうがいいわ」マーナが言った。

「わかってる」彼はつぶやき、フリーダに向かって大声を上げた。「すぐに行く」

「どれくらい？」フリーダが言った。

「二、三分だ」

「遅くならないでね」愛情と、そして警告をこめて言った。

彼はじっと坐って階段に目をやり、ベッドルームへ戻っていくフリーダの足音を聞いていた。二階からドアの閉まる音が聞こえると、彼は何度か瞬きをしてマーナが口を開くのを待った。

しかし、彼女は無言だった。ハートが話すのを待っているのだ。

「あの部屋へ戻らなくちゃならない」彼は言った。

むろん、それだけでは不充分だった――まだ話し足りなかった。もっと、もっと、話さなければならなかった。

「難しい立場にいる」彼は言った。「彼女に弱みを握られているんだ。言うことを聞かないと、チャーリーに告げ口されてしまう。そうなったらお終いだ」

「いいわ」マーナは言った。

「いいはずないじゃないか」

「あたしなら、いいのよ。あなたが何をしようと、あたしはかまわないわ」

「だが、あのことは別だ」

「いいえ、あのことだって同じよ」

彼は首を垂れ、ゆっくりと言った。「なんてことだ」

「ねえ」彼女は言った。「あたしなら我慢できる。本当に我慢できるわ」

ハートは彼女を見つめた。「ありがとう」彼は本心からそう言った。「そんなことを言うなんて、すごく優しいんだな」

彼女は笑みを浮かべた。「なんでもないわ。あなたに優しいことを言うくらい、お安いご用よ」

「ありがとう、本当に感謝している」

「どういたしまして」

「ああ」彼は階段のほうへゆっくり歩いていった。「おれたちも上流社会みたいに、このことを口にするのはやめよう。この先、この話はタブーだ」

マーナは何も言わなかった。

階段の途中で、不意に彼女の姿が見たくなった。だが、そんなことをしても意味はない。それに、いまの彼女は見てほしくないにちがいない。ますます辛くなるだけだからだ。

ならば階段を上りつづけるしかない。そしてフリーダの待つベッドルームへつづく廊下を歩いていくしかない。

ドアを開けると、電気スタンドがついていた。フリーダはベッドに坐ってタバコを吸っていた。からだを少しずらして場所を作り、ベッドに入るようにというしぐさをした。

だが彼はベッドの横を通り過ぎ、中庭を見下ろす窓にゆっくりと近づいた。窓から外に目をやると、午前四時半のジャーマンタウンの闇が見えた。彼は内心肩をすくめた。やれやれ、この闇もこの部屋の状況よりは暗くないはずだ。

フリーダが言った。「ベッドに入ったら?」

「ああ」だが、彼は動かなかった。

「何してるの?」

「考え事をしてるだけだ」

「何を?」

「きっと驚くぞ」

「あたしが？　それは楽しみだわ。びっくりするのは好きよ」

「睡眠薬がひと瓶あったらいいのに、と思っているんだ」

「誰に飲ませるの？」

「きみだ」

「そんなこと、驚くほどのことじゃないわ」彼女は言った。「たぶんそんなことじゃないかと思ってたもの」

ハートはゆっくり振り返って彼女を見つめたが、何も言わなかった。

「あなたが階段を上ってくる足音が聞こえたときからわかってたわ。ゆっくりと、重い足取りで上ってきた。まるで重すぎる荷物を背負った、年老いた廃品回収業者みたいだったわ」

「それにかけたしゃれを思いついたんだが」彼はつぶやいた。「きっとおもしろくないだろうな」

「そうね、おもしろくないに決まってるわ」彼女は背筋を伸ばした。「あたしの体重はきっかり百五十七ポンドよ。あなたには重すぎるわね」

「統計学みたいな話はやめよう」

「ほかにもあるわ」彼女は言った。「あなたは教育を受けてるけど、あたしは九年生も終えてないのよ」

「それがなんだっていうんだ」

「なんだ、ですって？　あたしには、学校の教科書なんか必要なかったってことよ」彼女は太い指で頭の横を叩いた。「ここにいっぱい詰まってるのよ」

「本当かい？　だったら、ショーペンハウアーでも論じようじゃないか」

彼女が険しい表情で目を細めた。「あなた、ふざけてるの？」

「おれは哲学的になっているんだ。この問題に哲学が役立つかもしれないと思ってね」

「ねえ、こっちへ来たほうがいいわよ」

「でもここは気持ちがいい。とても楽しいんだ」

「そういうことじゃないんでしょ」彼女の目がスリットの

ように細くなり、太った顔がますます豚に似てきた。「そっちはきれいだってことでしょう？　つまり、このベッドと比べたらきれいだって」

「今度は衛生学の話か？」

「やめて」彼女は言った。「話を逸らさないで」その声は脅しでもあり、懇願でもあった。「そんなふうにされたら、話がつづかないわ」

彼は肩をすくめた。「おれがはじめたんじゃない」

「あなたじゃないなんて、とんでもないわ」

窓のそばに椅子があった。ハートはそれに腰を下ろして床を見つめた。

フリーダは言った。「あなたがはじめたのよ。彼女の叫び声を聞いてベッドから飛び出したときにね。あたしは部屋から出ないように言ったけど、あなたは耳を貸さなかった。階下《した》へ下りて、彼女に何があったか確かめずにはいられなかった。そして、その次は救出に駆けつけるヴァリアント王子」

「ムーン・マリンズにしてくれ。そっちのほうがしっくりくる」

「そうだったらいいわね」彼女はゆっくりと言った。

ハートは彼女を見つめた。否定しようとして口を開いたが、何も言えなかった。

「あたし、あなたを見てたのよ。彼女を見るあなたの目に気づいたわ」フリーダは言った。

彼はつぶやくように言った。「きみは結論を急ぎすぎる」

「そんなことないわ、目の前で何かが起こっているときにはね」

彼の口は固く結ばれたままだったが、その端がほんの少し上がった。微笑んでいるのではない。そういう人間的なものではなく、むしろこの勝負の賭け率を計算しようとしている打算的な表情だ。だが、賭け率は恐ろしく高かった。まるで、登山者を寄せつけないほど高い山のようだ。

ところがふと気づくと、フリーダの目から険しさが消え、唇の端を噛んでいた。ハートは考えはじめた。彼女はおれを誤解している。おれがここに坐って、猛烈なアンチ・フリーダ・キャンペーンを企てていると思っているのだ。おれのことを、決断が遅いうえに方針を変えることのできない、融通のきかない男だと決めてかかっているのかもしれない。おもしろいことにいまや形勢が一転し、彼女は愚かにもおれが彼女殺しの計画を立てているのではないかと怯えているのだ。

彼は表情を変えないように神経を集中した。なんとか表情を保っているうちに、フリーダの肩に微かな震えが走った。いま彼女の目には、激しい恐怖がはっきりと表われている。それを押し隠した声で、彼女は取って付けたように命令した。「小賢しいことを言うのはやめなさいよ」

ハートは自分に言い聞かせた。何も言うな、彼女が勝手な憶測でおろおろするのを傍観していればいい。

「だってあなた、本当は賢くないんだから」彼女は見え透いた演技をつづけていた。「賢かったら、あたしでも見抜けるようなあんなでまかせをチャーリーに言うはずがないわ。あたしはハイスクールも出てないけど、あなたよりずっと賢いわよ。あなたは、あたしの掌から逃げられないの。それを忘れないことね」

彼は答えなかった。目にも表わさなかった。偽りの微笑みが部屋を横切ってフリーダに伝わり、彼女はもう一度身震いした。

「それで？」彼女は迫った。「どうするつもり？」

ハートは彼女から目をそらした。慌てることはない、心を決めるための時間ならたっぷりある、そう言うかのように、煮え切らないそぶりをした。

「ねえ、疲れたわ」彼女が言った。「眠りたいの」

「それがいい」彼はつぶやいた。

フリーダが手招きした。「ねえ、ベッドに来て」まるでさっきの件は棚上げにしたという様子で、何事もなかったかのように早口で言った。

彼は首を横に振った。

「どうするの？」彼女の声がいくらか大きくなった。「その椅子で寝るつもり？」

「眠る気はない。しばらくここに坐って考えることにする」

彼女は明るく笑おうとしたが、できなかった。「そうね、あなたには考えることがたくさんあるでしょうね」

「確かに」彼は真顔で頷いた。

「でも、それに振り回されないことね」彼女はそう言って無理に笑った。

ハートは、彼女がタバコを灰皿でもみ消し、灰皿を床に置くのを眺めていた。やがて、フリーダが灯りを消そうとして電気スタンドに手を伸ばした。指でひもをつまんで引っ張りかけたが、すぐに手を離して言った。「灯りをつけたまま眠ることにするわ」

彼女はハートを見つめた。彼のことばを待っていることはわかっていたが、彼は何も言わなかった。

「灯りをつけたまま眠りたい夜があるのよ」

彼は肩をすくめた。「好きにしろ」

「まだあるわ。あたし、とても眠りが浅いの。微かな物音でも目が覚めちゃうのよ」

「そのための薬があるじゃないか」

「そんな薬は必要ないわ。眠れないっていうんじゃないんだから」彼女はゆっくりとこう言った。領土のどこを攻撃されてもいいように、防衛用の武器としてことばを用意しているようだ。「ただ、安眠できないってことなの。それに、不意に目が覚めると叫びだすの」

「それは悪い癖だな」

「必ずしも悪い癖とはいえないわ。ときには、とても便利なのよ」

おやおや、ハートは思った。彼女は心底怯えている。恐怖で凍りついているらしい。

フリーダは頭を枕に乗せ、シーツとブランケットを肩まで引上げた。そして、ゆっくり寝返りを打って横を向いた。手を顔に運び、周到な作戦として閉じた目からプ払ってくれ。

ラチナブロンドの髪を払いのけた。あるいは、目はずっと開けたままだったかもしれない。ハートは、彼女から目を離すよう自分に言い聞かせた。もう眠ってしまったかもしれない、そうすれば誰も見ていないところで考えることができる。いまはきちんと考える必要がある、大事なのはひとり《ソリテュード》になることだ。あるいはひとり遊び《ソリティア》かもしれない。きっとソリティアにちがいない。それはごまかしもはったりも通用しないゲームで、真っ正直に勝負しなければならない。真っ正直すぎて傷つくほどだ。だから楽しいゲームではないし、それをすれば辛い思いをすることになるだろう。このゲームを降りることはできず、おまえにカードを配るのはおまえ自身だ。そして、当然マーナを巻き込んでいる。おまえの人生、このひとつの人生に、いまは二人の人間が生きている。そのために、人生は背負うべき重荷になった。パートナーの女はかけがえのない人間で、壊れ物注意のマークのついた小包みのようなものだ。だから気をつけてくれ。頼む、どうかカードの配り方に細心の注意を

16

窓際の椅子に坐り、彼はフリーダが眠りに落ちるのを待っていた。何分か過ぎ、彼女は深い寝息を立てはじめた。寝たふりをしているのかもしれない、ふとそう思った彼は、椅子を引きずってみた。だが彼女には聞こえなかったようで、本当に眠っていることがわかった。もうひとつわかったことがある。眠りが浅いという話は嘘だということだ。ベッドのなかにいるのは、ぐっすり眠りこんだ太ったブロンド、彼とは無関係のずんぐりした眠れる動物だ。やっとひとりになれた、さあ考えるんだ、彼はこう自分に言い聞かせた。

さて、どこからはじめようか？　彼は自分に問いかけた。そもそもの発端はなんなのか？　いや、いまはそのことに触れず、二人の向かう先を考えてみよう。おれたち二人、マーナという女とハートという男のことだ。もし二人がこの家を出ようとしたら、止められるに決まっている。だが、仮にマーナとハートがうまく脱出できたとしてみよう。さあ、それからどうなる？　警察が出てくる、そういうことだ。警察が乗り出し、おれたちはお終いだ。二つのシナリオが書けたが、どちらのシナリオにも出口がない。別のシナリオがあるだろうか？　きっとあるはずだ。おまえはちゃんとしたシナリオを書いて、出口は必ずあると自分に言い聞かせるのだ。あきらめずにそう信じてくれ。

だがおまえは近道を探そうとしている。あるいは、一歩先から有利なスタートを切ろうとしている。だがそれは、このゲームでおまえには与えられていない特典だ。ルールに従い、スタートラインから、つまりニューオーリンズから出発することだ。兄のハスケルのことから、そして彼を殺した方法とその理由からはじめなければならない。方法はきわめて単純だった。一発の銃弾を彼の頭に撃ちこんだのだ。そして理由は？　これはそう単純ではなかった。それは安楽死といわれるもので、安楽死は決して単純なものではないのだ。

　簡単に言えば、慈悲のある殺人だ。神がその善悪をどう裁こうと、同じ状況のもとなら、おまえはまた同じことをするだろう。なぜなら、その状況がハスケルにとって耐え難いものだったからだ。彼に残された日々はまるで地獄で、彼はそれを終わらせてほしいと泣いて頼んでいた。だが、むろん終わりはしなかった。

　ヘビの一族がからだじゅうの神経を這い回り、彼を食い尽くそうとしていた。

　それは多発性硬化症という病気だった。

　この病気は不治の病だった。この点で医者たちの意見は一致していた。そのうえ彼らはこれが恐ろしい病気だということも率直に認めていた。だが、それでも彼らはモーゼの十戒の第一条を破ろうとはしなかった。ところが、おまえは彼の望みを叶えてやろうとした。いまも耳に残るうめき声のあいだから、彼が切々と訴えたことを実行に移したのだ。

　彼自身、可能なら実行に移したにちがいないということが、おまえにはわかっていたからだ。彼はおまえにそう言った。そして、ほとんどおれを見分けることもできない目から涙を流した。からだのほかの部分と同様、目まで病気に冒されていたからだ。彼には、毒薬の小びんや手首を切るのに使うパン切りナイフを探すこともできなかった。そしてたとえ目が見えたとしても、そこへ行くこともできなかった。脚が動かなくなっていたのだ。

　そして腕も動かなくなった。手も、指も同じだった。

　そう、病気は確実に進行していたのだ。少年時代も青年時代も、彼はずっとスポーツマンだった。トゥーレーン大学では最優秀選手賞を三回も獲得した。身長五フィート十一インチ、体重二百二十ポンドの筋肉質のからだをしていた。頭もいい。ルックスも。あんな人間にはめったにお目にかかれない。生まれつきの優しさがときに度が過ぎ、おべっか使いかと思われたことがあったほどだ。

それに、たいへんな金持ちだった。ざっと見積もっても三百万ドルほどの財産があり、おまえがいちばん近い相続人だった。だから地区検事に言わせると、動機は金ということになる。法廷に立ったら、おまえには罪を免れる見込みがまるでない。それに、もしも偶然がいくつか重なって金が動機ではないとされても、安楽死を禁止する法律は厳正なものだ。おまえは最低でも七年の刑を食らうことだろう。

なんで七年も食らわなければならないんだ？　わかった、ふてくされるのはやめろ。彼らの罪じゃない。だが、くそっ、法律の条文にどう書かれているかではなく、実際にはどういうことだったのか、ということで物事を判断する方法があるべきだ。

法廷はおれを裏切り者と呼び、卑劣漢と呼び、殺人者と呼ぶ。これが実の兄を殺した被告です、と言う。新聞記者たちはパトカーに群がり、おれに罵詈雑言を浴びせ、ハスケルがおれにどれほど気前がよかったか、という記事を書き立てる——ハスケルはおれに車を与えた、おれにヨットを与えた、それなのに、おれは彼にどう報いたか、こんな記事だ。

実を言うと、ハスケルがおれに贈り物をしたのは、そうすることが楽しかったからだ。おれはその車がほしいとは思わなかったし、ヨットなど言うまでもなく必要なかった。だが車やヨットに乗ってみれば、やはりとてもうれしかった。それが、ハスケルには楽しかったのだ。人に喜びを与えることができるとき、彼は決まって幸せを感じた。たとえその相手が自分の弟だろうと、ランサム通りの物乞いだろうと。

こんな男をおまえは思い浮かべている。生きたい、そして与えたいという健全な欲望を持った大柄で健康な男、唯一の敵は妬みという男、生涯にわたってグレードAを約束された男。こんな男に、母なる自然がいたずらをしたのだ。ある朝彼が目覚めると、左脚に奇妙なだるさを感じた。

それはそんなふうにはじまり、それからは為す術がなかった。その脚が冒され、次に両脚が動かなくなり、さらに両腕へ進んだ。彼のからだに巣くうヘビは、増殖しながらあちこちを絞め殺していった。彼は車椅子の生活になり、おまえはそれを押してバスルームへ連れて行ったものだ。やがて、車椅子にも乗れなくなった。坐っていることができなくなっていたのだ。寝たきりになった彼は、泣いてばかりいるようになった。それまで、彼が泣く姿など目にしたこともなかったというのに。おまえは廊下で医者の話を聞いた。二十人目か、三十人目か、診てもらった医者の数は長い行列ができるほどだ。シアトルからはるばる飛行機でやって来た、あの医者を覚えているだろう。彼はため息をつき、首を振って言った。「絶望的です。この多発性硬化症という病気は、実に凄惨な経過をたどるので――」そして口を滑らせた。「彼は死んだほうがましかもしれない」

それは、人々を生かす学問のスペシャリストの口から出たことばだ。彼は言いたかったわけではない、言うつもりもなかった、だが彼はそう言ったのだ。

それを聞くと、ある考えの種がおまえのなかに植え付けられ、そこに根を下ろして育ちはじめた。それをうち消そうとしたおまえだったが、同じ日にハスケルがこう言うのを耳にした。「生きていたくない――」

また幾日かすると彼が言った。「なあ、眠りにつくときはいつも、目が覚めませんように、って祈るんだ」

「そんなことを言うんじゃない」おまえは言った。「病気と闘わなくちゃだめだ」

「どうやって？」

「いいか、ハスケル、きっとよくなる。何か治療法が見つかる。研究が進められているんだ。きっと彼らが――」

「おれは疲れた、ハート。とても疲れたよ」

おまえはベッドのなかのハスケルを見つめた。彼の体重は百二十七ポンドになっていた。おまえは、体重が二百二十ポンドあるトゥーレーン大の最優秀選手、サザン・カンファレンス選手権で第三位になった円盤投げ選手を思い浮かべた。

それから一週間ほどしたある夜、ハスケルは単刀直入に切り出した。「頼みがあるんだ」

「なんだい？」

「殺してほしい」

おまえは何も言わなかった。彼の顔を見ることができなかった。

「頼む、やってくれ」彼は言った。「お願いだ――」

だがそのとき、看護婦がトレーを持って部屋に入ってきた。彼女がハスケルに食事を与えはじめると、まるで幼児のように食べさせてもらっている彼を残し、おまえはそっと部屋を出た。屋敷から出て庭を歩き回り、テニス・コートの横を通り、月明かりに照らされたミシシッピ川を見晴らす桟橋に向かい、そのあいだじゅうずっと考えつづけていた。それが慈悲かもしれない――

いや、だめだ、おまえは自分に言い聞かせた。そんなことはできない。考えられないことだ。

ただ、ハスケルをこんなふうに苦しませておくことはできない。彼が弱っていくのを黙って見ていることはできない。

だが、いいか、本当に治療法が発見されるかもしれないじゃないか。希望を捨てずに祈ろう。彼らが顕微鏡や試験管を使って働いているところを想像するんだ――

だが、想像することはできなかった。イメージがすぐに消え、目に浮かぶのはベッドのなかで身動きひとつできないハスケルの姿だけだった。

ひとりで酒を飲む夜がつづいた。浴びるように飲んでも、癒されることはなかった。だが、アルコールは頭のなかの余計なもの、たとえば、これは犯罪だ、もっとも重い罪だ、やってはいけない、あとから後悔するぞ、などといったふつうの人々のルールや規則、そのすべてを洗い流した。おまえの答えはこうだ。社会がどう考えるかなんて、くそ食らえだ。彼はおれの兄で、彼には救いが必要だ、そして彼を救う方法はひとつしかない。

さて、ここで新しい局面を迎えた。おまえが決心はしたものの実行に移せないでいるあいだに、弟のクレメントが同じ結論を出していたのだ。驚いたことといったら、まさにノックアウトを食らった感じだった。なぜなら、クレメントは家族の問題にあまり協力的でなかったからだ。実際彼は、余分な努力を必要とすることには決して参加しなかったのだ。ハンモックに固執し、夜は妻や三人の子どもといっしょに家で過ごし、体重は増え、髪は薄くなり、心配の種は自分のゴルフスコアだけ、そういう男だったのだ。それでもクレメントは足繁く屋敷を訪ねて何時間もベッドの脇に坐り、《タウン・アンド・カントリー》、《フォーチュン》、《ホリデー》などの雑誌や地方紙のスポーツ欄の記事をハスケルに読んでやっていた。そんなある晩のことだ。おまえは庭でテニス・コートを眺めながら、ハスケルがテニス好きだったことを思い出し、二度とテニスはするまい、などと考えていた。そこへクレメントが現われ、なんの前置きもなく、早口でぶっきらぼうに切り出した。

「こんなこと、もう終わりにしてやる」

おまえは無言で彼の顔を見つめた。

「この状況のことだ。ばかげてる」彼は言った。「彼がこんな苦しい目に遭わなければならないなんて、まったくばかげている」

彼は淡々とした調子で穏やかに言った。これが考え抜いた末の結論だということがよくわかった。

「決心したんだ。彼をこの状況から救い出すことにした」彼は言った。

おまえはたじろいだ。クレメントがこんなことを言うはずがない。

「兄さんだけに話すんだが」クレメントは言った。「あした、銃を買う」

「ばかなことを言うな」

「銃を買って彼を撃つつもりだ」

「自分の言ってることがわかっているのか?」

彼は真顔でゆっくりと頷いた。「彼を撃って自首しようと思っている。どういう裁きを受けようとかまわない」

「おい、待てよ、そんなのは口だけだ。家に帰ってぐっすり眠ったらいい」

「この三ヵ月というもの、ぐっすり眠ったことはない」

「旅行にでも行ったらどうだ？　そうだ、それがいい。クレメント、おまえには気分転換が必要だ」

彼はにっこりした。おまえはそれまで、彼がこんなふうに微笑むのを見たことがなかった。それは、ほとんど生還の見込みのない救助活動に志願する者が浮かべるような微笑みだった。

彼は首を横に振った。「その手には乗らないよ、ハート。やめたほうがいい」

彼はじっと立ちつくし、ゆっくりと首を振っていた。彼の決心が固いことは、その目が物語っていた。それは彼が自分自身に立てた聖なる誓いだ、彼を引き留めることはできそうにない。

ただし――

ただし、おまえが先に行動を起こして彼を出し抜いたら話はべつだ。

頭のなかを考えがぐるぐると巡っていて、彼が離れていくのも気に留めなかった。彼が払うつもりでいる犠牲のことを考えていた。善良な市民としての地位を失い、家庭は崩壊し、彼自身も妻子も過酷な運命に見舞われることになる。

だがむろん、そんなことはおまえが許さない。

それから先は、すべて無意識だった。おまえの脚は、レールに乗せられた車輪のようにまっすぐ前に向かうだけだった。ガレージへ行ってブガッティに乗りこみ、二十分ほどのちにはニューオーリンズの特別な地区にいた。そこでは深夜の違法な取引きが、盛んに、しかも秘密裏に行なわれていた。おまえは三十分もしないうちに取引相手を見つけ、その男から銃を手に入れた。

屋敷への帰り道、おまえの両手はハンドルを固く握りしめていた。

おまえは迅速に行動した。計画もなければ、警戒もしなかった。ハスケルの部屋に入ると、彼は眠っていた。装塡された銃を取り出し、頭に二発撃ちこんだ。部屋を出ると、廊下を歩いてきた看護婦が足を速めて近づき、あの物音は何かと訊いた。おまえは、ばかなことを訊く、とでもいうように彼女の顔を見つめて答えた。「彼を撃った」

このときはじめておまえは気づいた。自分が追われる身になったことに、そして、逃げるべきだということに。

ああ、長い逃亡生活だった。疲れを癒すこともできなかった。それをつづけられたのは、自尊心を捨てずにいられたのは、おまえのなかの陪審員がおまえのしたことは金のためではない、私利私欲のためではないと認め、「無罪」を宣告したからだ。そうだ、確かに私利私欲のためにしたことではない。だが、それでも結果的にはおまえの兄弟のためになったわけだ。ハスケルを苦痛から救い出し、クレメントを悲劇的な結末から引き離した。これでよかったのだ。

そうだ、まさに素晴らしい結果になった。理屈をつけるのはやめて、テーブルの上のカードに戻ったほうがいい。ソリティアの札に文句をつけることはできないし、並べ替えることもできない。おまえにできることといえば、並んだ札を眺めてあるがままに受け入れることだけだ。

そして、いまのおまえにわかっているのは、今日が木曜日で、明日はおまえがアマチュアからプロフェッショナルへの一線を越えるブラック・デーだということだ。ウィンコートのケニストンの屋敷では、まさにプロの仕事が要求される。まちがいは絶対に許されない。まあいい、くよくよするのはやめろ、今日はまだ金曜日ではない。まだ木曜日がある。そのあいだに心の準備をして完ぺきなプロの目を養うのだ。

いまは金目当てに徹してみよう。移動には金がかかるので金は大切だ。運がよければ、すぐに彼女とどこか見つからないところへ行くことになるかもしれない。そういった旅には莫大な金がかかるものだが、ケニストン家で一仕事して分け前をもらえばお釣りがくるだろう。生きるために、この女を離さないために、すべきことをするだけだ。

　彼女のことを考えると心が和み、緊張が和らいだ。彼は目を閉じて頭を垂れた。そして、眠りに落ちていった。

17

　ボクサーにとってのトレーニング・キャンプ最終日のように、木曜日は筋肉と神経を休めるために使われた。彼らはリヴィングルームに集まり、ラジオの音楽を聴いたりカードを楽しんだりしていた。会話はほとんどなく、静かで穏やかでおおむね和やかな雰囲気だった。前夜の出来事については誰ひとり触れようとしなかった。

　夕食はにぎやかだったが、それはほとんどラジオの音だった。ヴォリュームを上げたラジオから、ディスクジョッキーがかけるディズィー・ガレスピーの曲がいくつも流れていた。席についた彼らが柔らかくて美味しい子牛のカツレツをむさぼっていると、ディズィーのトランペットの音がしだいに高くなっていった。あまりに急激に高まっていったので、天井に穴が開いたのではないかと目を上げたくなったほどだ。

夕食がすむとまたポーカーをし、そのあとは全員がリヴィングルームに集まって無言でラジオを聴いて過ごした。十一時半に、マーナがおやすみを言って二階へ上がった。それから二十分ほどするとリッツィオが上がり、マットーネがすぐにあとを追った。いまはラジオの音楽がクラシックに変わっている。ドビュッシーの作品ばかりがかかっていた。チャーリーが、いい音楽だと言った。「本当ね」フリーダが相づちを打った。二人はハートに目を向け、彼の意見を待った。彼はドビュッシーのことなどまったく考えていなかったが、二人の視線に気づいて頷いた。

チャーリーが二階へ行ったのは一時十分だった。さらに十五分ドビュッシーが流れつづけた。やがてニュースがはじまると、フリーダがラジオに近づいてスイッチを切った。彼女はラジオのそばに立ち、ソファに坐って床に目を凝らすハートを見つめた。

何分か過ぎ、やがてフリーダが言った。「ねえ、二階へ行ってベッドに入りましょう」

彼は返事をしなかった。

「ねえってば」そう言って、彼女は階段のほうへ歩いていった。階段を二、三段上がって立ち止まり、じっと待っている。

彼は自分に言い聞かせた。動いてはいけない、それに、ひとこともしゃべってはいけない。

彼女は両手を腰に当てた。「いいこと、あしたは大切な日なのよ。眠らなくちゃ」

これで返事をするきっかけができた。「ああ、わかってる。だから、ここで寝るつもりなんだ」

「そこで？　ソファで？」

彼は頷いた。「眠れるという保証がほしいんだ」

彼女はしばらく黙っていた。手が腰から離れ、両脇にだらりと垂れ下がった。口を開くと、声がうわずっていくぶん舌がもつれた。「待って、お願い」彼女は言った。「お願いよ――」

ハートは彼女に目をやった。泣いているのだろうか、と思った。マスカラが濡れているように見えるが、流れてはいないようだ。彼女が懸命に涙をこらえていることがわかった。「だめだ」彼は言った。

涙が溢れた。マスカラと混じり合ったまっ黒な涙だ。彼女はそれを拭おうとして手を上げたが、どうすることもできなかった。からだの奥底からわき上がった深いため息が漏れ、それがすすり泣きに変わった。それをこらえようとして声を詰まらせ、一目散に階段を駆け上がった。

ハートは靴を脱いだ。つづいてジャケットを脱ぎ、ソファの上に丸くなるとジャケットを肩に掛けて目を閉じた。

ソファは柔らかくて心地よかった。二、三分もすると、彼はぐっすりと眠りこんでいた。

翌朝十時半ごろ雪が降りだし、しだいに激しくなった。二つの川から吹き込む冷気が交差し、その流れに引きこまれた雪片が猛烈に渦を巻いている。それは勢いを増し、ブリザードになるかと思えた。が、しだいに弱まり、昼までにすっかり止んでしまった。そのあとはフィラデルフィア特有の不可解な天気になった。急激な天候の変化に伴ってどこからか運ばれてきた暖かい空気が、道路の雪や木の枝のつららを融かしていく。午後になってもまだ暖かかった。四時半ごろになってまたひどく気温が下がり、チャーリーはリッツィオに命じて暖房炉に石炭を入れさせた。

リッツィオが地下室から戻ると、チャーリーはリヴィングルームの中央にカードテーブルを用意した。マットーネはタバコに火をつけ、ハートはカードをシャッフルしていた。彼らは夕食の時間までポーカーをし、食事を終えると再びゲームをはじめた。八時少し過ぎにチャーリーが、あと一時間ぐらいゲームができる、それからカードを片づけて仕事の打ち合わせをしよう、と言った。

「いま何時だ?」マットーネが訊いた。

チャーリーが腕時計に目を走らせた。「八時十二分過ぎだ」そして、言い足した。「十二分と四十秒だ」

リッツィオが自分の腕時計に目をやった。「おれのは八時十五分だ」

「時計を戻せよ」マットーネが言った。「二分二十秒戻すんだ」

「秒針は合わせられない」時計の竜頭《りゅうず》を回しながら、リッツィオは言った。

「時計を外せよ」マットーネがつぶやいた。「捨てちまえ」

リッツィオは顔をしかめた。「捨てろだと？」

「さあ、外すんだ」マットーネはやや大きな声を出した。

「安物の時計だ。そもそも、そんなもの買わなきゃよかったんだ」

「調整すれば問題ない」リッツィオが言った。

「おまえの頭こそ調整が必要だ」マットーネはリッツィオに言った。「どうだ、時計を捨てるか？」

リッツィオはチャーリーに目を向けた。「やつに黙るよう言ってくれ」

「いや、お断りだな」チャーリーは言った。「やつには口がすっぱくなるほど言ってある。もううんざりだ」

「時計はちゃんと合わせないと」マットーネが言った。

「秒まで計れなかったら、失敗のもとだ」

「おまえこそ失敗のもとだ」チャーリーが言った。

マットーネは口を開いて何か言いかけたが、チャーリーの顔色を見ると言いたかったことをぐっと呑みこんだ。

チャーリーはハートに目を向けた。「カードを配ってくれ」

はじめてから二時間ほど経つと、ハートは四百ドル以上勝っていた。そのほとんどがマットーネから巻きあげたものだった。賭けるたびに裏目に出るマットーネは唇を噛み、その噛んだところがすりむけていた。次のゲームでは、ハートが見え透いたはったりをかけていると思ったマットーネがコールすると、ハートの手はマットーネのスリー・キングを破るスリー・エースだった。マットーネは、テーブルの端をつかんで天井を見上げた。

「やめろ」チャーリーが言った。

マットーネは天井から目を離さなかった。彼は独り言を言った。「何かわけがあるはずだ――」

「なんのことだ？」チャーリーが身を乗りだし、マットーネの顔に浮かぶ表情をしげしげと見つめた。

「このツキのなさだ」マットーネは言った。そして、のろのろと腰を上げた。彼はしばらくあてもなく歩き回っていたが、やがて新聞の散らばっているソファに近づいて新聞を拾い上げた。ハートはチャーリーに目をやり、すぐにチャーリーの考えていることを理解した。二人とも、マットーネが日付に目を留めていることに気づいていたのだ。

マットーネは新聞を離した。それはソファの端から滑り落ちてカーペットの上で止まった。彼はそれを見つめ、無言でそれに語りかけていた。

「こっちへ来て坐れよ」チャーリーが声をかけた。

マットーネは動こうとしなかった。だが彼はゆっくりと首を回し、チャーリーを見つめた。「今日が何日か知ってるか？」

「坐れと言ったんだ」チャーリーの声はかすれていた。「ポーカーの最中だぞ」

「十三日の金曜日だ」マットーネが言った。

「だから？」こう言ったのはリッツィオだ。

「不吉だ」マットーネは、カードテーブルを囲む面々のうしろに目を凝らした。「ひどく不吉だぜ」

「大ばか者にとってはな」チャーリーが言った。

「チャーリー――」

「だめだ」

「チャーリー、お願いだ――」

「だめだ、と言ったはずだ」

すると、マットーネは喚きだした。「頼んでるんだぞ、チャーリー。やめたほうがいい。今夜は仕事なんかできない。今夜あそこへ行ったら、悪いことが起きる――」

マットーネの声が大きかったので、マーナといっしょにダイニングルームに坐りこんで映画雑誌を読んでいたフリーダが入ってきた。フリーダは手に雑誌を持ったまま、眉をひそめて言った。「どうしたの？　どうしたっていうの？」

「今日は十三日の金曜日だぞ」マットーネが大声を上げた。

「マットーネが延期しろと言うんだ」チャーリーが言った。

　フリーダはマットーネの頭のてっぺんからつま先まで眺め回し、チャーリーに向かって言った。「彼、どうかしちゃったみたいね」

「やつなら大丈夫だ」チャーリーはそう言って微笑んだ。

　フリーダが部屋を出ていった。チャーリーは微笑みながら、ダイニングルームへ戻っていく彼女のうしろ姿を見送っていた。そして、マットーネに笑みを向けて言った。

「いまから計画を話す」

「待てよ、チャーリー――」

「この話し合いに加わる気があるのか、それともこの仕事から抜けたいか？」

　マットーネは大きなため息をついた。固く目を閉じ、しばらくからだをこわばらせていたが、やがて発作的に首を振った。そして、ふたたび大きなため息をついた。「もう大丈夫だ」

「大丈夫に決まってる」チャーリーが言った。「おれにはわかっていたよ」

　マットーネはテーブルに戻って席についた。チャーリーが内ポケットに手を入れて折り畳んだ紙を取り出した。それにはウィンコートのケニストン屋敷の略図が描かれていた。

「さて、計画はこうだ――」チャーリーが説明をはじめた。

　彼の話は二時間近くつづいた。まず計画の概略を話し、もう一度繰り返した。さらに何度も繰り返したが、繰り返されるたびに話が細部におよび、ひとつひとつの行動の詳しい説明が加えられていった。話し終えると、彼は椅子の背にもたれて質問を待った。だが説明はわかりやすく、計画自体も実によくできていたので質問はなかった。

「よし」チャーリーが言った。「これでおれの話は終わりだ。今度はそっちが話してみろ。リッツィオ、おまえからだ」

リッツィオは計画を復唱した。その次はマットーネ。ハートの番になると、彼はチャーリーの話をほとんど一字一句まちがえずに繰り返した。ことばが、まるで録音された朗読のように自動的に出てきたのだ。

「素晴らしい」チャーリーが言った。彼は腕時計に目を走らせた。「さて、支度をする時間だ」

四人は席を立った。

一時十分まえのことだった。

18

彼らはオーヴァーコートを着こんでいる最中だった。マットーネとリッツィオはダークブラウンのキャメルヘア、チャーリーのコートはミッドナイトブルーのチェスターフィールドだった。明るいグリーンのコートのボタンをかけているハートの肩に、安物の生地がずっしりと重たかった。

ハートは、彼女がフリーダといっしょに映画雑誌を読んでいるダイニングルームの灯りが見えないように、玄関ドアのほうを向いた。彼女のところへ行き、何事もうまくいくから心配しないように、と言いたくてたまらなかった。だが、いまそんなことをすれば二人のためにならない、とんでもないことだ。それに、彼は考えた。彼女にもわかっているはずだ。だから彼女もダイニングルームから出てこないのだ。

　では、なぜフリーダまでダイニングルームに閉じこもっているのだろう？　考えるまでもなく、彼にはわかっていた。フリーダにとってはちっとも楽しいことではないのだ。彼女は、おまえに対する愛と憎しみのはざまで悩んでいる。愛に従えばおまえが生きていることを願い、憎しみに従えばここへ来ておまえのしたことに仕返ししたいと思う。あるいは、おまえがしなかったことに。昨夜おまえが彼女を傷つけたのはまちがいない。

　そうだ、彼女はここへ来て、おまえがこの仕事に向かないことやプロフェッショナルではないことをチャーリーに言いさえすればいい。だが、おまえにはどうすることもできない。おまえにできることといえば、彼女が心を決めるまえにチャーリーがそのドアを開けて外に出るよう祈ることだけだ。

　チャーリーが彼の横を通ってドアを開けた。ドアが開くと、四人は一列になって凍てついた階段を下り、寒い舗道に立った。一月の風が吹きつけ、ひどい寒さだった。

「凍りついちまうぜ」リッツィオが言った。

「ああ」マットーネが言った。「確かに寒い。だから黙ってろ、いいな」

　チャーリーとハートが先に立ち、彼らはチャーリーの歩調に合わせてふつうの足並みで歩いていた。交差点までくると角を曲がり、トゥルプホーケン通りを南に進んだ。道の両側に、バンパーを触れ合うようにして車がぎっしりと駐められている。ブロックのまん中あたりに彼らの車があった。近づくと、それは一九五一年型のツードアのプリマス・セダンだった。黒い塗装のその車は実際より古く見え、ここしばらく洗ったことがなさそうだ。

　彼らは車に乗りこんだ。マットーネがハンドルを握り、リッツィオが助手席、チャーリーとハートは後部座席に落ち着いた。

　マットーネがスターターを回した。スターター・モーターの音がしたが、エンジンがかからない。マットーネはもう一度やり直したが、結果は同じだった。

「どうしたんだ?」チャーリーが訊いた。

「寒さのせいだ」マットーネが答えた。

「不凍液を入れたか?」

マットーネは返事をしなかった。彼はふたたびスターターを試した。エンジンはかかったが、苦しげな音を立ててすぐに止まった。

チャーリーはからだを起こし、ゆっくりと言った。「おまえに訊いているんだ、マットーネ。不凍液は入っているのか?」

マットーネはうしろを向いてチャーリーを見つめた。

「入ってるとも、チャーリー」彼は口をへの字にして歯のあいだから吐き出すように言った。「あんたが不凍液を追加しろと言ったから入れたんだ」

「わかった。もう一度試してみろ」

マットーネがスターターを回すとエンジンがかかり、なんとか止まらずに動いていた。マットーネがアクセルを踏みこむと、やっと回転数が上がった。その強力なエンジン音を聞き、ハートは改造エンジンにちがいないと思った。

エンジンが充分に暖まると、マットーネは駐まっている車の列から離れて北に進路をとり、トゥルプホーケン通りをモートン通りに向かって走りだした。モートン通りで西へ曲がってワシントン・レーンまで行き、そこからふたたび北へ向かってステントン通りを目指した。ステントン通りの赤信号で停止すると、交差点にパトカーが停まっていた。フロントシートに二人の警官が坐り、そのうちのひとりは街灯の灯りで新聞を読んでいる。もうひとりの警官がプリマスに目を留めていた。

「やつは何を見ているんだ?」リッツィオが興味を示した。

「黙ってろ」マットーネが言った。「シーッ、やつを見るのをやめろ。後生だから、やめてくれないか」

警官は窓から頭を突き出して言った。「おい、おまえ」

「わたし?」マットーネが訊き返した。

「ああ、おまえだ」

「なにか?」

「ライトを下げろ」

「わかりました」マットーネはヘッドライトを下向きにした。「すみません」

「街中だということを忘れないでくれ」警官が今度はいくらか丁寧な口調で言った。「ハイウェイに出るまで、ライトは下向きにしておいてくれ」

「わかりました」マットーネは言った。「ありがとう」

信号が青に変わった。彼らはステントン通りを左に曲がってそのまま進み、ウィンコートに向かう広い道路を横切った。この道路には金曜日の夜を楽しむティーンエイジャーが行き来していたので、マットーネはもっと狭い道路を探したのだ。一マイルほど先で見つかった。でこぼこしているうえにところどころ舗装されていないが、プリマスにつけられた上等なタイヤがしっかりと路面を捉えていた。

やがて新しくて走りやすい別の道に出て、新築のロードハウスが建ち並ぶブロックをいくつか通り過ぎた。さらに角を曲がってくねくねとした道に入り、大きな家々の前を通って北へ向かった。そのまま北へ走りつづけると、道路脇の家やそれを囲む芝生の庭がしだいに大きくなり、終いにはハイウェイから離れた大邸宅につづく私道のある、塀に囲まれた私有地に変わった。急勾配の坂を上り詰めると、道は下り坂になっていた。ヘッドライトを浴びて黒い歯のように光る鉄柵の脇を、ゆっくりと進んでいく。鉄柵は延々とつづき、また平坦になった道を車はのろのろと進んでいった。さらに四分の一マイルほど鉄柵の脇を走りつづけたところで、チャーリーが言った。「ここで止まれ」

「ここか?」マットーネが訊いた。

「ここだ」チャーリーが言った。「車を停めろ」

車が路肩に停まった。チャーリーはリッツィオに、外に出てナンバープレートを替えるように言った。リッツィオはグラヴコンパートメントを開けてねじ回しとナンバープレートを取り出し、車を降りた。そして素早くプレートを取り替え、外したプレートを持って車に戻ると、ねじ回しをグラヴコンパートメントに放りこんだ。そしてプレートは、誰かになかを覗かれても見つからないように、コンパートメントの内壁の裏にある隙間に滑りこませた。

　エンジンはかかったままだった。マットーネはギアを入れ、彼らは時速十五マイルほどのスピードで進んでいった。鉄柵がさらに百ヤードほどつづき、同じ屋敷の高い石塀が五十ヤードくらいつづいたあと、広い私道の入り口があった。

　マットーネは車を私道に乗り入れた。両側を背の高い木々で縁取られた、曲がりくねった道だ。一マイル近く走ると、ヘッドライトを浴びて小さな門番小屋が浮かび上がった。窓のひとつにぼんやりと灯りがついている。建物に近づくと脇のドアが開いて白髪の男が現われ、ゆっくりと進む車に近づいてきた。

　マットーネが車を停めると、男も立ち止まった。彼は車から二十フィートほど離れたところに立っている。老人の声は眠そうだった。「なんの用だ？」

「ドイルスタウンへ行くところなんだが」マットーネが言った。

「この道じゃない」老人は彼に言った。

「なんだって？　これはドイルスタウンに行く道じゃないのか？」

「ここは私有地だ」

「そうか、曲がり角をまちがえたらしい」

「そのとおりだ」老人は両手を脇に当てて立っていた。

「なあ、どうしたらここから出られる？」マットーネが訊いた。

「Uターンして道なりに行けばいい」

「いや、どうしたら北へ向かう幹線道路に出られるか、ってことだ」

「それはだな――」老人は車に向かって歩いてきた。車からの距離が十フィートに縮まり、次いで五フィートに縮まったとき、マットーネがドアを開けて外へ出た。老人が言った。「オールド・ヨーク・ロードに入らなきゃならん。

ドイルスタウンへ行くには、それがいちばんの近道だ。それから――」

マットーネは右手で老人の顎を殴り、老人が倒れこむところを受け止めた。リッツィオが車を降り、二人で門番を後部座席に押しこんだ。意識を失った彼はチャーリーとハートに挟まれ、ハートの肩に頭を乗せてぐったりとしている。ハートがその顔に目をやると、彼はかなりの年寄りで、だらしなく開いた口から入れ歯が覗いていた。

車はまた動きだし、温室や日本庭園、使用人の住居となっている二階建ての建物を通り越して進んでいった。すると前方の月明かりのなかに、白い大理石でできたケニストン屋敷が現われた。いまはヘッドライトを消していたが、屋敷は月明かりに照らされてくっきりと浮かび上がっていた。

まるで大学の図書館のようだ、ハートは思った。うめき声が聞こえ、老人の顔に目をやった。老人は目を開け、驚愕と怒りと恐怖のために唇を震わしていた。

チャーリーが前屈みになり、横の入り口から四十フィートほど離れた植え込みを指さしてマットーネに話しかけた。

「あそこの植え込みの近くに停めろ」そして老人に向き直って訊いた。「何て名前だ?」

老人はあまりの恐怖に口がきけなかった。

「なあ、じいさん」チャーリーは穏やかに言った。「おれはそれほど悪いやつじゃない。名前を教えてくれるだけでいい」

「トーマス――」

「歳はいくつだ、トーマス?」

「七十三だ」

「おい、なんだよ。それじゃ、年寄りとは言えないぞ」

老人は目を閉じて静かに言った「こういう仕事には歳をとり過ぎた」

「心配するな、トーマス。おまえならうまくやれるさ。これから話すことをよく聞いて、おれの言うとおりにすればいい」

チャーリーはポケットから銃を取り出した。老人が目を開けると銃が見えた。

「よし、注意してよく聞け」チャーリーは軽く銃を握っていたが、銃口は老人の腹に向けられていた。「おれたちといっしょに来るんだ。もし誰かが階下へ下りてきて何をやってるのか訊かれたら、おれたちは市庁舎から来たと言うんだ。刑事だとな」

老人は目をぱちくりさせた。「刑事だって?」

「そう、おれたちは刑事だ。今夜ここで何か事件があるというたれ込みがあった。二人の前科者が押し入って東洋の財宝を盗み出そうとしているんだ」

「それが、わしに言わせたいことか?」

「いや、それはおれが言う。おまえはハリウッド・スターのつもりになるんだ。高額の金を稼ぐ俳優になったつもりにな。やつらに、おれたちが身分証明書を見せたと言うんだ。おれたちは本物の刑事だ、とな」

「だが、わしは俳優じゃない」老人は言った。「震え上がっているのがばれちまう。それに――」

「怖がることはない。生きていられるのがどんなに素晴らしいことか、それを考えていろ」

「わかった。精いっぱいやってみよう」

車は植え込みのそばに停まっていた。マットーネとリッツィオが車から降り、屋敷のほうへ歩いていった。チャーリーは老人に言った。「どういう計画かわかるか? あいつらが二人の前科者というわけだ。やつらが悪いやつで、こっちがいいやつだ。やつらが押し入ったら、張りこんでいたおれたちが捕まえにいく、という寸法だ」

ハートは、マットーネとリッツィオが屋敷に沿ってゆっくりと歩いていくのを眺めていた。大きなドーベルマン・ピンシェルが二頭、芝生の向こうから駆けてくると、リッツィオが前に出て犬の調教師のようにしゃがみこんだ。犬は速度を緩め、リッツィオは犬が近づいても動かなかった。ハートには何も聞こえなかったが、リッツィオは犬に話しかけているにちがいない。そのうちにリッツィオが犬を撫ではじめたが、二頭の犬は嫌がる様子も見せなかった。

「どうやったら、ああなるんだろう？」チャーリーが言った。

「気をつけたほうがいい」老人が言った。一瞬、自分自身の恐怖を忘れてリッツィオの心配をしている。「あの犬たちはひどく獰猛なんだ」

「いまはそうでもないぜ。あれを見ろよ」

犬はとても人なつっこそうに見えた。リッツィオの脚に鼻をすりつけている。リッツィオは犬を撫でながら話しかけていた。

「素晴らしいな」チャーリーが言った。「ぜったいに失敗することがないんだから。やつは人間の皮をかぶった犬なんじゃないかと思うほどだ」

リッツィオが首輪をつかんで犬を歩かせ、マットーネは三十フィートほど離れてあとにつづいた。やがてリッツィオが振り返って手招きすると、マットーネが近づいた。四つの影が溶け合い、ケニストン家の白い壁に映った。二人の男と二頭の犬が裏口を通り過ぎるのが見えたが、屋敷の端で角を曲がって姿を消した。

チャーリーは腕時計に目を走らせた。「二分待とう」

「二階に灯りがついてるぞ」ハートが言った。

「わかってる」チャーリーは言った。

「たったいま、ついたばかりだ」

「いや、それは最初に灯りのついた窓を見たときの錯覚だ。一分ほどまえにも見えたぞ」

「おれたちがここへ来たときにはついていなかった。灯りのついている窓はなかったんだ」

「わかった、心配するな」

「心配なんかしてないさ」

「心配しているように聞こえるぜ」

「わしの考えを言ってもいいか？」だしぬけに老人が訊いた。

「ああ」チャーリーが言った。「言ってみろ」

「そうだな、あんたらが狙っているものは手に入らないような予感がする」

「ご意見をありがとう」チャーリーは言った。「今度はこっちから言ってやる、トーマス。そんな予感は捨てるんだな。おまえがおれたちに協力して、おれたちがこの仕事を首尾よくやりとげる、こういう予感を持ってほしいものだ。おれの言うことがわかるか？」

老人は頷いた。

チャーリーは腕時計を目に近づけてつぶやいた。「五十八、五十九——二分」彼はドアを開け、老人のほうを向いたまま車から降りた。つづいて老人が降り、最後にハートが降りた。三人は脇の入り口に向かった。ドアには大きな真珠貝のボタンがあり、チャーリーがそれを押した。二、三分待ってもう一度押した。三度目を押している最中にドアが開き、バスローブを着た中年の男が彼らをじろじろと見ていた。

「警察です」チャーリーが言った。

ここからは老いた門番の出番だ。彼は頷き、中年の男に言った。「大丈夫です、ミスタ・ケニストン。こちらは市庁舎から送られた刑事さんで——」

「どうぞお入りください」男は彼らを迎え入れた。廊下の灯りをつけ、彼らを広い中国調の部屋へ案内した。黒檀の家具、紅石英のランプ、繊細な彫刻が施された翡翠の壺などで飾られている。

中年の男がチャーリーのほうを向いて言った。「説明していただきたいんですが——」

「手短にお話しします」チャーリーは言った。「窃盗を阻止するために参りました。通報がありましてね。いまにも起こるかもしれません。すでに敷地内にいて、押し入ろうとしているかもしれないということです。あるいは、もう侵入しているかもしれません。ですから、迅速に動かなくてはならないのです。詳しい説明をしている暇はありません」

「しかし——」

「いいですか、この家にはたいへん高価なものがあります。

推定百万ドルの価値がある東洋の骨董品のコレクションをお持ちですね。こちらの記録に載っています。こういった財産を守るのが私たちの仕事でして。ですが、もし盗まれてもかまわないということでしたら、それはあなたの自由ですが」

「ですが、理由がわからないのです――つまり、電話することもできたでしょうに――」

「これなら現行犯で逮捕することができますからね」

中年の男は眉をひそめて床に目を落とした。心配しているというより、考えこんでいるという様子だった。部屋にはしばらく静寂がつづいた。そこへ突然、屋敷の奥から物音が聞こえてきた。入り乱れた足音と椅子を引きずる音、

中年の男は息を呑んだ。「なんだ、あれは？」

「ネズミでないことは確かですな」チャーリーは言った。

中年の男は顔面蒼白になった。「どうして手を打たないんですか？　何を待っているんです？」

「あなたを待っているのです」チャーリーが言った。「品物がどこにしまってあるか言っていただけなければ、守ることもできませんから」

また静寂が訪れ、中年の男は親指の爪を噛んでいた。ハートは思った。イエスかノーか、いったいどっちなんだ？

中年の男が言った。「どうぞこちらへ」

チャーリーはハートに目を向けた。「ここで待て」彼は男のあとについて部屋の奥へ向かった。奥の壁に黒檀張りのドアがあった。二人が部屋の中程まで行ったとき、何かが狂いはじめた。

はじまりは犬だった。家の奥から、うなり声とそれにつづく悲鳴が聞こえた。ガラスの割れる音、テーブルのひっくり返る音。いまや悲鳴がぞっとするものに変わり、うなり声はまるで悪夢のようだった。

中年の男がうれしそうに言った。「犬が泥棒を捕まえたぞ」

チャーリーはハートに目をやったが、何も言わなかった。物音が近づいてきたかと思うと、肩がドアに当たる音が

した。振り向くと、ドアが開いてリッツィオが駆けこんできた。追ってきたドーベルマン・ピンシェルが宙を飛び、リッツィオの背中に激突した。リッツィオは膝をつき、犬は彼の首に噛みつこうと大きく口を開けた。リッツィオの顔に深い困惑の表情が浮かび、その目がこう言っているようだった。どうしてこんなことになったんだ？　犬の扱い方なら心得ているのに。

　チャーリーはオーヴァーコートのポケットに手を入れて銃を取り出した。彼が腰だめで引き金を引くと、弾丸はリッツィオの顔から二インチのところをかすめて犬の眉間を撃ち抜いた。

　犬はもんどり打って息絶え、中年の男はチャーリーを怒鳴りつけた。「どうしてこんなことをしたんだ？」

　チャーリーは答えなかった。彼はリッツィオを見つめていた。リッツィオが、彼を見つめ返して言った。「すまん、チャーリー――」

「チャーリー？」中年の男は、ゆっくりと落ち着いてそう言った。「ああ、そういうことか。おまえたち、グルなんだな」

　チャーリーは肩をすくめた。彼は中年の男と老いた門番に銃を向けた。だが、今度は二階から物音が聞こえた。足音に混じって、女が心配そうに呼びかける声がした。「いまのは何、マートン？　だいじょうぶ？」

「ああ」中年の男は返事をした。「私ならなんともない」

「そっちへ行くわ」彼女が声を張り上げた。

「いや、だめだ」中年の男は大声で、だが落ち着いて言った。「だが、警察を呼んでくれ」

　チャーリーは、疲れ切ったような顔で男に微笑みかけた。「なんでそんなことを言う必要がある？」彼は銃をわずかに動かし、男の胸に狙いをつけた。「自分がしたことはわかっているんだろうな？　おかげで予定が狂った。おれは、予定を狂わされるのが大嫌いなんだ」

　ハートは心のなかで言った。やめろ、チャーリー。そんなことをするな。そのとき、老いた門番がご主人様の前に立ちはだかり、両腕を高く上げてチャーリーに向かって突っこんできた。チャーリーが引き金を引くと同時に、ハートが素早く近づいてチャーリーの腕をはたいた。銃弾はカーペットにめり込んだ。老人は銃を持つチャーリーの手をつかもうとしたが、ハートが飛びついて床に押し倒した。

チャーリーがリッツィオに目を向けた。「もう一頭の犬はどこだ？」

「わからない——たぶん——」

「たぶん、だと」チャーリーは言った。「おまえは犬のことならなんでもわかっているのかと思っていた。犬の専門家なんだからな」

リッツィオはため息をついた。そしてゆっくりと首を振った。

「さあ」チャーリーが言った。「ここから出るんだ」

三人は後退りして部屋を出た。廊下に出るまで、チャーリーの銃は中年の男と老いた門番に向けられたままだった。

彼らは脇の入り口から屋敷の外へ出た。芝生を横切ってプリマスへ向かう途中で、リッツィオが何かを指さした。

「もう一頭の犬がいる。あっちだ、チャーリー。見えるか？」

「いや」チャーリーは言った。「おまえ、見てこい」

「頼むよ、やめてくれ、チャーリー。そんなこと言わないでくれ」

「どんなことだ？」チャーリーは穏やかに訊いた。「ただ、見てこいと言っただけだ。よく見てきてほしいだけだ」

「なんてことだ」リッツィオが言い、すぐに泣き声に変わった。「ああ、なんてことだ——」

ハートが目をやると割れた窓が見え、窓の下ではドーベルマンが獲物の傍らに立っていた。月明かりに照らされ、ずたずたになった服から肉がはみ出したマットーネの死体は真っ白だった。胴体からは衣服がほとんど剝ぎ取られている。彼は仰向けに横たわり、顎を突き上げてその喉に加えられた攻撃の痕跡を曝していた。彼の喉の部分はほとんど残っていなかった。

彼らはプリマスに乗りこんだ。リッツィオが運転席に滑りこむと、チャーリーが言った。「急げ。二、三分もしたらパトカーが来るぞ」

ハートは後部座席のクッションに寄りかかった。エンジンのかかる音がし、車が動きだすのを感じた。車は猛スピードで芝生を突っ切って私道へ出た。私有地に接するハイウェイに向かって私道を飛ばす車は、スピードメーターの針がカーヴでも時速五十マイルを指していた。ハイウェイに入ると、時速八十マイル、八十五マイルとスピードを上げ、終いには九十マイルまで達していた。

ウエスト・オーク・レーン地区の狭い道路で、チャーリーはリッツィオに命じてナンバープレートを取り替えさせた。数分後にジャーマンタウンに入ると、車はゆっくりと進みながらパトカーの横を通り過ぎた。あたりにはパトカーが何台も停まっていて、警官たちが行き交う黒い小型セダンに目を留めては、ナンバープレートと手帳に書かれた番号を見比べていた。

車はトゥルプホーケン通りに戻り、びっしりと駐められた車の隙間の駐車スペースにそろそろと入っていった。車を降りた彼らはトゥルプホーケン通りを北へ向かい、モートン通りを目指して歩いた。モートン通りへ出ると、風が悲鳴のような音を立てて吹きつけてきた。まるで、トランペットの甲高い音色のようだった。

19

「コーヒーでもどう？」フリーダが訊いた。

「いらない」チャーリーが言った。

「飲めば落ち着くわ」彼女は言った。

「わかった」チャーリーはソファに坐っていた。オーヴァーコートもマフラーも帽子も身につけたままだった。リッツィオとハートはコートを脱ぎ、部屋の反対側のアームチェアに腰かけていた。

「美味しくて濃いコーヒーを淹れるから、熱々を飲むといいわ」フリーダが言った。「飲めば元気になるわよ」

彼女は部屋を出てキッチンへ向かった。三人は坐ったままで、チャーリーがオーヴァーコートのボタンを外しはじめた。ひとつのボタンを外し、その次を外すと、三つ目のボタンのことは忘れてしまった。手探りでマフラーを外しかけたが、途中で手を離して両手を強くクッションに押しつけた。

リッツィオが言った「いろんなことを考え合わせて、こうなった原因を見つけようとしてるんだ。なんでこんなことになったか、おれにはわからない」

「もういい」チャーリーは言った。「忘れるんだ」

リッツィオはしばらく無言だったが、やがて口を開いた。

「おれの考えていることがわかるか？　あの犬はどうかしてた」

「どうしてもその話をしたいのか？」チャーリーは穏やかに言った。「忘れるわけにはいかないのか？」

「おれはあの犬を完全に手なずけた」リッツィオは言った。「そのあとで、理由もないのに興奮してあんなふうになったんだ。もしかすると――」

「もしかすると、なんだ？」

「理由があったのかもしれない」

チャーリーはソファのクッションに寄りかかった。腕を組み、問いかけるような目をリッツィオに向けた。

リッツィオは言った。「日付だ、チャーリー。十三日の金曜日だ」

沈黙が流れた。

ようやくリッツィオが口を開いた。「どう思う、チャーリー？　そうは思わないか？」

「そうかもしれない」チャーリーはそう言い、ハートに目を向けた。家に帰ってから、彼がまともにハートの顔を見たのははじめてだった。彼は穏やかに言った。「おまえはどう思う？」

ハートは肩をすくめた。「仕事に取りかかったのは金曜日じゃないぜ。真夜中を過ぎてた。ということは、十四日の土曜日だ」

「確かにそうだ」リッツィオが言った。

「いや、ちがう」チャーリーが言った。「まだ十三日の金曜日だ」そして、そのままハートを見つめつづけた。

リッツィオは眉をひそめ、頭のうしろを掻いた。

チャーリーが言った。「それはブラック・フライデーと呼ばれ、ある種の人々にとっては終わりのない日だ。彼らは常にそれを引きずっている。腸チフスの保菌者みたいにな。だから、どこへ行こうと、何をしようと、彼らは凶運を引きずっているんだ」

「おれのことを言っているのか？」ハートがつぶやいた。

チャーリーはゆっくりと頷き、オーヴァーコートのポケットから銃を取り出した。

「いったいどうしたんだ？」リッツィオが訊いた。「どういうことだ、チャーリー？　何をしているんだ？」

「彼は迷信深くなっているのさ」ハートが言った。

「それもある」チャーリーは言った。彼の声は淡々としたものだった。「もうひとつの理由は、おまえがおれたちの仲間ではないからだ。おまえには、おれたちのような仕事はできない」

ハートはまた肩をすくめた。彼はチャーリーのうしろの壁を見つめていた。

チャーリーが言った。「結局、おまえはプロフェッショナルではなかった。あの老いぼれがおれに飛びかかってきたとき、おまえが狙いを逸らそうとしておれの腕を叩いたことでわかった」

ハートはにっこりした。言い訳など通用しないことはわかっていた。彼は言った。「そうだろうな」

「そうだ」チャーリーは言った。「あの動きひとつでおまえの正体がわかった」

ハートは考えていた。いつもこうなるんだ。フリーダが秘密を漏らす必要などなかった。遅かれ早かれ墓穴を掘って正体を見破られることになるんだ。

ハートは言った。「頼みがある」

「いいとも」チャーリーが言った。「言ってみろ」

「マーナに会いたい」

「マーナ？」チャーリーはわずかに眉を上げた。「なんでマーナなんだ？」

ハートは答えなかった。

チャーリーはしばらくハートを見つめていたが、リッツィオに目をやって言った。「二階へ行ってマーナを起こしてこい。ここへ連れてくるんだ」

リッツィオは立ち上がり、階段へ向かった。キッチンからフリーダが呼んでいた。「コーヒーが入ったわ」しばらくしてまた呼びかけたが、返事がないので様子を見にやって来た。銃を目にした彼女が言った。「どうしたの？」チャーリーが答えた。「彼には死んでもらう」

「なんですって？」彼女はかすれた声で言った。「どういうこと？」

「彼には死んでもらう、と言ったんだ。死ぬしかない。おれたちの役には立たないんだから」

「そんな」フリーダはそう言ってハートに目をやった。そして、ハートが彼女に目を向けていないのに気づいた。彼の目は階段の上り口に釘付けになっていた。二階の廊下で足音がした。リッツィオが下りてきて、マーナがあとにつづいた。

チャーリーはフリーダに目を向けて言った。「彼のたっての願いだ。マーナに会いたいそうだ」

フリーダがハートに詰め寄った。「最低よ」彼女は言った。「あんたは最低よ」

彼には聞こえていなかった。ハートはアームチェアから腰を上げ、階段を下りてくるマーナに微笑みかけた。彼女は白いサテンのキルティングのローブを羽織っていた。髪が肩に緩くかかり、そのつややかな漆黒の房が白い布地に映えている。輝くその目ははっきり目覚めていて、眠っていなかったことがわかる。きっと、彼のことを考えてまんじりともしなかったにちがいない。

いまは、チャーリーもフリーダもリッツィオも関係ない。彼女と二人きり、おたがいを見つめ合い、ことばでは言い表わせないことを目が語っていた。二人は二、三フィート離れて立っていたが、ハートはからだの奥深いところにマーナの存在を感じていた。それは素晴らしい感覚だった。

チャーリーの声がした。「彼女と話したいか？」「いま話している」彼は答えた。だが、マーナが首を回してチャーリーとその銃を見つめたので、その話が終わったことがわかった。

ハートは思った。そうだ、彼女に嘘をつくことができるかもしれない。チャーリーが口裏を合わせてくれるだろう。ハートは彼女に言った。「だいじょうぶだ、心配することはない。チャーリーはおれにしばらく暇を出すつもりなんだ——」

「そのとおりだ」チャーリーが頷いた。

だが、それはうまくいかなかった。マーナは騙されなかったのだ。彼女は銃から目を離さなかった。

そのとき、笑い声がした。フリーダのほうから聞こえてくる。悲観的な思いと陰湿な喜びに満ちた含み笑いだった。閉じた唇から漏れてくる笑いをふたたび吸いこみ、フリーダはその味を愉しんでいた。彼女がチャーリーに言った。

「いまやってよ、マーナの目の前で。彼女に見せてやりたいわ」

「いや」チャーリーは言った。「そんなことをしてもなんにもならない」

「それが何よ」フリーダは言った。「さあ、いますぐやって」

「静かにしていろ」チャーリーは言った。疲れた、陰鬱な声だった。

フリーダは、もどかしさに気も狂わんばかりだというようなしぐさをした。「ねえ、お願い――」

「おまえが口出しすることじゃない」チャーリーが言った。「静かにしろと言ったはずだ」

ハートは聞いていなかった。彼は玄関ドアまでの距離を測っていた。ドアは半ば開いていて、五フィートは離れていないと踏んだ。あの距離なら間に合いそうだ、失うものは何もない。やってみる価値はある。マーナに目を向けると、彼女の目が語りかけていた。もちろんやってみなければ。やってみるべきよ。

フリーダはまくし立てていた。「彼を撃って、チャーリー。撃ってってば。何をぐずぐずしてるの？」

「静かにしていられないのか？」チャーリーがゆっくりと言った。

ハートは玄関ドアに突進した。その瞬間、マーナがチャーリーの銃から発射された弾丸の行く手に身を躍らせた。まだドアにたどり着いていなかったハートは、マーナの倒れる姿を目にして、玄関を出ることなどどうでもよくなった。

彼女はうつ伏せに倒れていた。こめかみに開いた穴からつづくひとすじの赤い流れが、カーペットに水たまりを作っていた。

しばらくは誰ひとり何もせず、何も言わなかった。やがてリッツィオが彼女に近づき、その横に跪いて脈を診た。

「死んでる」リッツィオは言った。

ハートは死体に目をやった。だがすぐに目を閉じ、自分の内面に目を移した。そこには彼女がいた。

「片づけろ」チャーリーがリッツィオに言った。「地下室へ運ぶんだ」

リッツィオが小さな痩せたからだを抱き上げ、部屋の外へ運んでいった。

チャーリーはカーペットのしみを見つめたままフリーダに言った。「これを残しておきたくない。洗剤を持ってこい――」

「朝になったらやるわ」フリーダは言った。

「いますぐやれ」

「なんで朝じゃいけないの？」フリーダは鼻を鳴らした。

「まったく、もうへとへとよ」

「おれもだ」チャーリーは言い、ため息をついた。「おれはもう駄目だ」

沈黙がつづき、やがてフリーダがハートを指して言った。

「彼はどうなの？　彼をどうするつもり？」

「それがなんだ？」チャーリーはつぶやいた。銃を持つ手が緩み、銃口が目標を失っていた。「そんなことが重大な問題か？」

フリーダは顔をしかめた。「どうしたのよ、チャーリー？　あなた、どうしちゃったのよ？」

チャーリーは答えなかった。肩を落とし、頭を垂れていた。彼の手から銃が離れ、ソファの肘掛けを越えて床に転がった。

「チャーリー――」フリーダはソファに近づき、彼の横に腰を下ろした。彼女はチャーリーのからだに腕を回し、その頭を自分の胸に引きよせた。

「ひどく疲れた」チャーリーはつぶやいた。「どこか遠くへ行く列車に揺られて眠りたい――遠くへ――」

「かわいそうなチャーリー」

「そうだ、おまえの言うとおりだ。結局、そういうことなんだ。かわいそうな年老いたチャーリーさ」

フリーダはハートに目をやった。彼女の声には生気がなかった。「オーヴァーコートを着なさいよ」彼女は言った。

「ここから出てって。そして、二度と戻ってこないで」

「追い出すことはない」チャーリーがつぶやいた。「どのみち同じことじゃないか」

「いいえ」彼女は言った。「ここにはいてほしくないわ」

派手なグリーンのオーヴァーコートが階段の手すりに掛かっていた。ハートはそれを手に取って着こみ、家を出た。表の階段を下りて舗道に立つと、ポーカーで勝った金のことを思い出して独り言を言った。ズボンのポケットには、丸めた金が四百ドル以上入っている。

役に立つかもしれない、そう思った。

だが、それは意味のない考えだった。しばらくすると、もう考えていなかった。彼はゆっくりと歩いていた。凍てつく風の痛さも、何も感じなかった。そして角を曲がるときも、わざわざ信号を見ることはなかった。行くあてなどなかったが、そんなことはどうでもよかった。

四つの名前をもっている三つの物語

作家
原　尞

　デイヴィッド・グーディスが*Black Friday*《不吉な金曜日》という原題をもつ本書を書いたのは、すでに半世紀前の一九五四年のことである。二十二歳でデビューしたグーディスが三十七歳のときに書いた十一冊目の長篇だというから、ノワール系の作家としてすでに中堅の域に達していたのだろう。一九六一年の『深夜特捜隊』が創元推理文庫で刊行されたので、日本の読者もようやくこの作家の存在を知ることになった。

　小説家としては地味な印象を与えるグーディスだが、著作の映画化のリストを一覧するとなかなかのものである。菅正明編『作家別映像化事典』から年代順に拾うと、『潜行者』（一九四七年、デルマー・デイヴス監督、ハンフリー・ボガート主演）、『ピアニストを撃て』（一九六〇年、フランソワ・トリュフォー監督、シャルル・アズナブール主演）『華麗なる大泥棒』（一九七一年、アンリ・ヴェルヌイユ監督、ジャン＝ポール・ベルモンド、オマー・シャリフ主演）、『溝の中の月』（一九八三年、ジャン＝ジャック・ベネックス監督、ジェラール・ドパルデュー主演）、『デサント・オ・ザンファー／地獄に堕ちて』（一九八六年、フランシス・ジロー監督、ソフィー・マルソー主演）、『ストリート・オブ・ノー・リターン』（一九九〇年、サミュエル・フラー監督、キース・キャラダイン主演）などで、ほかに日本未公開の映画が五、六本ある。『華麗なる大泥棒』の公開にあわせて、原作が角川文庫から刊行され、それがグーディスの二冊目の、そして最後の翻訳となっていた。雑誌などへの訳載はほかにもあるかもしれない。ひときわ目立つのは、フランスでの映画化が多いことである。

それらの映画化にまじって、一九七二年の八月に、本書を原作にして、フランスの作家セバスチャン・ジャプリゾが書いた映画のための脚本が『ウサギは野を駆ける』で、これは本書と同じポケット・ミステリの一冊として一九七四年に刊行されている。これも、その脚本をもとに製作されたルネ・クレマン監督の映画化作品の日本での公開にあわせたものだった。フランスでは『ウサギは野を駆ける』という題名で封切られ、アメリカなどで上映される英語版には And Hope To Die という題名がつけられ、さらに日本では同じ英語版に『狼は天使の匂い』という邦題がつけられたのである。これがすなわちグーディスの原作 *Black Friday* のほぼ五十年ぶりの初訳である本書に『狼は天使の匂い』という題名がつけられている所以《ゆえん》である。

要約すると、一九五四年にデイヴィッド・グーディスが *Black Friday* を書き、一九七二年に、セバスチャン・ジャプリゾが『ウサギは野を駆ける』という脚本を書き、一九七四年にルネ・クレマン監督の映画化作品『狼は天使の匂い』が日本でも公開された、ということである。

それを私はまさに逆の順序で鑑賞したことになる。一九七四年の初頭にまずルネ・クレマン監督の『狼は天使の匂い』を観て、それから数日後に、セバスチャン・ジャプリゾの『ウサギは野を駆ける』の脚本をポケット・ミステリの翻訳で読んで、それからほぼ三十年後の二〇〇三年にその原作 *Black Friday* の訳書である本書『狼は天使の匂い』を読んだのである。

*

映画版『狼は天使の匂い』を観たとき、私は二十七歳を過ぎたばかりで、ちょうど人生の転機にあった。苦渋に満ちた当時の八方塞がりの状況を詳述してもしかたがないが、一言で要約するなら、私はもはや若者ではなくなっていたということだ。折も折、私は映画版『狼は天使の匂い』に出会ったのだ。周知のごとく映画製作には二つの明確な道標があって、映画が商品として生産される以上まず第一に商品としての成否が問われることになる。ついで、映画はその質を問われることになるのだが、これは第一の判定のように明確な基準がない。勢い、優れた映画／つまらない映画、あるいは面白い映画／面白くない映画というやかましい論議が始まる。いずれにしても名作・傑作という評価を受けるのはそのなかのごく一部にすぎない。

映画版『狼は天使の匂い』は名作でもなければ、傑作でもない、おそらくルネ・クレマン監督の代表作でもないだろう。だが、映画はそれだけのものだろうか……。私はこの映画版『狼は天使の匂い』に名作や傑作という一種の枠組みから開放された、ある意味ではこれこそが映画の本道ではないかと思わせられるほどの、ほとんど一筋縄ではいかない、映画の魅力を教えられたのである。理窟抜きの評価と言ってしまえば身も蓋もないのであって、これは名作・傑作ばかりを渉猟《しょうりょう》している高踏的ファンにも、どんな凡庸な映画にも取り柄を発見できると豪語するマニアックなファンにも縁のない発見である。これ以上は映画そのものを鑑賞してもらうよりどうにも説明のつかない領域なのだが、それには映画版『狼は天使の匂い』の一日も早いDVDでのリリースが望まれる。できることなら、オリジナルのフランス語と同時に、主演のロバート・ライアンが自分の声でしゃべる英語の二カ国語を収録してもらいたいものである。ロバート・ライアンは映画完成の翌七三年に故人となり、ルネ・クレマン監督も一九九六年にすでに故人となっている。

映画版『狼は天使の匂い』鑑賞の数日後に入手して読んだ脚本版『ウサギは野を駆ける』の印象は、その性質上映画と混然一体となっていたのだが、今度読み返してみて、その面白さとセバスチャン・ジャプリゾの独自性に驚かされた。ジャプリゾは初期の『寝台車の殺人者』、『シンデレラの罠』、『新車の中の女』などのミステリから、中期の『さらば友よ』、『雨の訪問者』、そして『ウサギは野を駆ける』などの映画脚本、さらには後期の『殺意の夏』や『長い日曜日』などの作品で、すでに日本でも高い評価を得ているので解説の必要はないだろうが、彼の創作の根柢にあるものは人間の心に潜む純真さや真実と虚偽や欺瞞を、決して単純な善悪の色に染め分けるのではなく、むしろ欺瞞が人を救い、純真が人を傷つける場合も含めて、フランス的な諧謔に満ちた物語を紡ぎ出す才能であろう。名匠クレマンが『雨の訪問者』と『ウサギは野を駆ける』の二度にわたって、彼との共同作業を希望したのも、そこに着目したからに相違あるまい。セバスチャン・ジャプリゾも今年の三月に故人となった。

そしてついに、この二つの創作の原典であるデイヴィッド・グーディスの原作版『狼は天使の匂い』に推参することになったのである。長生きすると面白いことがあるものだ。謎はすでに脚本版『ウサギは野を駆ける』の《まえがき》に明示されていたのだ。「まず、デイヴィッド・グーディスの本 *Black Friday* を脚色することが問題だった。ところが、わたしにはできなかった」と、ジャプリゾは書いている。できるはずがないのだ。グーディスの著作はノワールもしくはハードボイルドの作風で、本書もまた徹底した心理的犯罪小説であり、四人の男女の愛憎の経緯を描いて、抜き差しのならないクライマックスに到達する救いのない物語であった。これを原作に沿って映画化したところで、おそらくはハリウッドのB級映画の監督たちがハンフリー・ボガートやエドワード・G・ロビンソンを主演にして乱作したモノクロ／スタンダードのフィルム・ノワールの凡庸な作品にしかならなかっただろう。ルネ・クレマンもセバスチャン・ジャプリゾもそのような映画作りには縁がない。彼らが原作の登場人物と基本的な設定をほとんどそのまま遺して、しかもなおほとんど別の物語を創造するという奇蹟的な作業に取り組んだことが、いま解る。しかし、原作者のデイヴィッド・グーディスはその五年前の一九六七年にすでに故人となっていた。

＊

創造者たちはそれぞれ死の彼方に去ってしまったが、われわれにはルネ・クレマンの映画も、セバスチャン・ジャプリゾの脚本も、デイヴィッド・グーディスの本書もすべて遺されている。

HAYAKAWA POCKET MYSTERY BOOKS No. 1735

真《ま》崎《さき》義《よし》博《ひろ》

1947年生　明治大学英文科卒
英米文学翻訳家
訳書
『バイク・ガールと野郎ども』ダニエル・チャヴァリア
『探偵はいつも憂鬱』スティーヴ・オリヴァー
『ホッグ連続殺人』ウィリアム・L・デアンドリア
（以上早川書房刊）他多数

この本の型は，縦18.4センチ，横10.6センチのポケット・ブック判です．

検印
廃止

〔狼《おおかみ》は天使《てんし》の匂《にお》い〕

2003年7月10日印刷　　2003年7月15日発行

著　者　デイヴィッド・グーディス
訳　者　真　崎　義　博
発行者　早　川　浩
印刷所　信毎書籍印刷株式会社
表紙印刷　大平舎美術印刷
製本所　株式会社明光社

発行所　株式会社　**早川書房**
東京都千代田区神田多町2ノ2
電話　03-3252-3111（大代表）
振替　00160-3-47799
http://www.hayakawa-online.co.jp

〔乱丁・落丁本は小社制作部宛お送り下さい
送料小社負担にてお取りかえいたします〕

ISBN4-15-001735-2 C0297
Printed and bound in Japan